凡夫 著

智慧心燈

蘇格拉底寓言故事

用智慧點燃您的心燈
用心燈照亮您的人生

名家評論

《智慧心燈》是寓言家凡夫歷時二十個春秋，嘔心瀝血、精雕細刻的力作。以蘇格拉底作為貫穿系列寓言始終的主角，是別具匠心的藝術獨創；一個富有真知灼見、可親可敬的智者形象，活躍於讀者心目中。作者善於從司空見慣的尋常生活中開掘出令人會心一笑或讓人咀嚼回味的意蘊。富有時代光澤和色彩，講究故事與哲理的水乳交融，語言簡潔凝練，是凡夫寓言的鮮明特色。

——東沛德（文學評論家、中國作家協會原書記處書記、中國作家協會兒童文學委員會原主任委員、國際兒童讀物聯盟中國分會（CBBY）執行委員）

《智慧心燈》結集出版，這是中國寓言創作的一大收穫。作者積二十年的心血，數易其稿，精益求精。內容涉及人生感悟、理想追求、批評世俗、針砭時弊，無論哪方面的內容，讀起來都很有興味。我特別欣賞這種「寓言體」的語言，簡勁直捷，乾淨俐落，很值得細細尋繹思索。人們曾盛讚蘇格拉底把哲學從天上帶到了人間。現在，凡夫先生又把蘇格拉底帶到了我們中間。

——金波（作家、北京師範學院教授、中國作家協會兒童文學委員會委員、北京市作家協會理事）

這些作品，風趣，幽默，故事情節生動，又蘊含著發人深思的哲理。我讀著這些作品，禁不住時時會眼前發亮，時時為之發出會心的微笑，時時讚歎作者想像的奇妙，時時欽佩作者構思的精巧，時時感到作者思維的活躍，時時看到作者智慧的閃光……再加上，作品的語言是這樣通俗流暢、簡潔凝練、如行雲流水，既適合於成年人閱讀，又適合於少年兒童閱讀……

——楊嘯（作家、內蒙古自治區文聯原副主席、內蒙古自治區作家協會名譽主席，中國寓言文學研究會副會長）

凡夫所創造的蘇格拉底這個智者形象不是一般的智者形象，而是一個哲人形象；凡夫所寫的蘇格拉底寓言不是一般的道德教訓寓言，而是「具有哲理性和思辨色彩的」人生智慧寓言。錢學森說：「在藝術裏最高的層次是哲理性的藝術作品。」《智慧心燈》中許多用來點明寓意的哲人蘇格拉底說的話，都富有哲理，都可以當做人生格言來閱讀，這對人們尤其是涉世未深的青少年會有很大的教益和啟迪。

——顧建華（文學評論家、北方工業大學教授、中國寓言文學研究會常務副會長、中國高教學會美育專業委員會副會長）

《智慧心燈》與其說是一部寓言故事集，不如說是一部人生哲學書，凡夫塑造了一個智慧的人生導師「蘇格拉底」，讓他領著讀者面對人生的各種問題和困境，讓他指導讀者審視自我、生活與世界。可以說，《智慧心燈》創新了寓言，使寓言擺脫了傳統的敘述模式。它是一部傳統的理性教科書，也是一部寓言小說和一部百科全書。

——譚旭東（文學批評家、中國作家協會會員、北京師範大學中文系兒童文學博士）

寓言家以自己的觀察思考和人生體驗，創作了一篇又一篇精美的寓言。這些寓言猶如一顆顆晶瑩閃亮的珍珠，讓人愛不釋手。「蘇格拉底」這根「金絲線」又把近百顆珍珠穿起來，做成了一頂精美無比、閃耀著智慧光芒的王冠。只要認真閱讀這本書中的寓言故事，就能夠從中得到許多人生的大道理和大智慧，得到教益和啟迪。

——錢欣葆（寓言家、中國作家協會會員、中國寓言文學研究會理事、中國科普作家協會會員）

如果有一本書不論什麼時候拿起來讀都有意猶未盡的感覺，如果有一本書既讓我滿足了聽故事的愛需，又在簡短的故事中告訴我一些深刻的真理，如果有一本書能夠讓我重溫童年聽村裏老人們講故事的幸福場景，那麼這本書應該就是凡夫老師的《智慧心燈》。

——王曉燕（中外文學講壇理事、《世界文學評論》編輯、華中師範大學比較文學與世界文學研究生）

目次

005／名家評論
013／遠山
015／快樂
017／人生真諦
019／答雞
021／蝴蝶的禮物
023／起飛的地點
024／毛毛蟲迷路

025／非學術爭論
028／買刀
030／蘋果的味兒
032／鳥兒收藏家
034／廚師家的老鼠
036／雪虎
038／斑馬的條紋
041／心思
043／蒙面人

045／選擇
047／美麗的小鳥
049／頭髮
050／損失
052／狡蚊之死
054／讓鳥兒選擇
056／丟失
058／讚美
060／怪題
063／尋找名馬
065／誰是麗麗
067／懸崖上
069／百花會
071／瘋子
073／財富
076／公平在心
079／球王得子
081／眼皮問題
083／鼻子
085／魚缸
087／玉米種子
090／抱牛
092／讓月亮跟你走
094／平息爭鬥
096／一碗水
098／學會放棄
100／角色
102／傘
104／「美妙」的誘惑
106／最簡單的事
108／容易丟掉的鑰匙
110／心境
113／年輕的秘密
115／摔跤的地方

117／改變
120／追求
122／不合「群」
124／背後的議論
126／膽子
128／狗性
130／名氣
132／珍惜
134／貧窮的人
137／慾望與煩惱
139／神藥
141／一奧波爾馬車
143／一條葉脈
145／雅典的小鳥
147／瘸蟬
150／賽馬
152／成功的秘訣
155／虎不結幫
158／辨識謬誤
161／有錢人
163／影子
165／不湊熱鬧
167／落水
169／開學第一課
171／原因很簡單
173／一雙鞋
175／這就是原因
178／開張的日子
181／朋友
183／彎絲瓜
185／識人
187／仇恨者名單
190／眼蟲藻的身份
193／烈馬

196／企鵝村
199／一片紙
201／路上的「黃金」
204／菜中蘭花
206／衣著
209／不爭論
210／生活暢想
212／野鴨子定律
215／叫太陽發光
218／天才作家
221／快樂的豬
223／遭遇無賴
225／人與狗
227／從太陽上取火
230／神廟上的名言
233／感謝莫爾
235／另類傷害
237／狐狸吃葡萄
239／自己的規定
241／圈子
242／錯誤遮罩儀
244／誤導
246／男女之間
248／應該感謝的人
250／一張照片
252／家鵝和天鵝
254／擇徒
256／狗吠
258／減價
259／跋：感謝您，蘇格拉底

遠山

蘇格拉底和他的學生柏拉圖相約，到很遠很遠的地方去遊覽一座大山。據說，那裏風景如畫，人們到了那裏，會產生一種飄飄欲仙的感覺。

一年以後，兩人在途中相遇了。他倆都發現，那座山太遙遠太遙遠，就是走一輩子，也不可能到達。

柏拉圖失望地說：「我竭盡精力奔跑過來，結果什麼都不能看到，真叫人傷心！」

蘇格拉底撣了撣長袍上的灰塵說：「這一路有許許多多美妙的風景，難道你都沒有注意到？」

柏拉圖一臉的尷尬：「我只顧朝著遙遠的目標奔跑，哪有心思欣賞沿途的風景啊！」

「那就太遺憾了。」蘇格拉底說，「當我們追求一個遙遠的目標時，切莫忘記，旅途處處有美景啊！」

快樂

一群年輕人到處尋找快樂，但是，卻遇到許多煩惱、憂愁和痛苦。

他們向老師蘇格拉底詢問，快樂到底在哪裡？

蘇格拉底說：「你們還是先幫我造一條船吧！」

年輕人們暫時把尋找快樂的事兒放到一邊兒，找來造船的工具，用了七七四十九天，鋸倒了一棵又高又大的樹，挖空樹心，造成了一條獨木船。

獨木船下水了。年輕人們把老師請上船，一邊合力蕩槳，一邊齊聲唱起歌來。

蘇格拉底問：「孩子們，你們快樂嗎？」

學生齊聲回答：「快樂極了！」

蘇格拉底說：「快樂就是這樣，它往往在你為著一個明確的目標心無旁騖時悄悄來訪。」

人生真諦

幾個學生向蘇格拉底請教人生的真諦。

蘇格拉底把他們帶到果林邊，這時正值果實成熟的季節，樹枝上沉甸甸地掛滿了果子。

「你們各順著一行果樹，從林子這頭走到那頭，每人摘一枚自己認為是最大最好的果子。不許走回頭路，不許做第二次選擇。」蘇格拉底吩咐說。

學生們出發了。在穿過果林的整個過程中，他們都十分認真地進行著選擇。等他們到達果林的另一端時，老師已在那裏等候著他們。

「你們是否都選擇到自己滿意的果子了？」蘇格拉底問。

學生們你看著我，我看著你，都不肯回答。

「怎麼啦？孩子們，你們對自己的選擇滿意嗎？」蘇格拉底再次問。

「老師，讓我再選擇一次吧！」一個學生請求說，「我一走進果林，就發現了一個很大很好的果子，但是，我還想找一個更大更好的，當我走到林子的盡頭後，才發現第一次看見的那個果子就是最大最好的。」

另一個學生緊接著說：「我和師兄恰巧相反，我走進果林不久，就摘下了一枚我認為是最大最好的果子，可是以後我發現，果林裏比我摘下的這枚更大更好的果子多的是。老師，請讓我也再選擇一次吧！」

「老師，讓我們都再選擇一次吧！」其他學生一起請求。

蘇格拉底堅定地搖了搖頭：「孩子們，沒有第二次選擇——人生就是如此。」

答雞

兩隻腳的公雞咬緊牙關，拔掉自己身上的羽毛，大模大樣地向人們宣稱：「瞧，我們也是人了！」

人們哂笑不止。

公雞惱怒地說：「柏拉圖不是給人下了一個定義麼？『人是沒羽毛的動物。』」

人說：「那又怎樣？」

公雞振振有詞：「人沒有羽毛，我們也沒有羽毛，人有兩隻腳，我們也有

兩隻腳。這難道不是事實？」

人們請柏拉圖的老師蘇格拉底回答這個問題。蘇格拉底抓來一把癟穀撒在地上，兩隻雞立刻撲過去爭搶起來。牠倆比賽似地把一粒一粒癟穀吞進嗉子裏。你啄得快，我比你啄得更快，誰都怕自己少吃了一粒。當地上還剩下最後幾粒癟穀的時候，兩隻公雞爭鬥起來，你啄我一口，我蹬你一爪，你叼住我的冠子不放，我咬著你的脖子不丟，不一會兒，兩隻公雞便都鮮血淋漓，遍體鱗傷了。

蘇格拉底費了好大的勁兒才把牠倆分開，笑道：「為了幾粒癟穀就鬥成這樣兒，也配叫人麼？」

蝴蝶的禮物

友人送給蘇格拉底一盆金桔，蘇格拉底把它放在陽臺上。每當看書看累了，或者被一個問題纏繞得鑽不出來的時候，他就走到陽臺上，欣賞欣賞、擺弄擺弄金桔，或者給它鬆鬆土，或者給它澆澆水，或者給它剪剪枝……在蘇格拉底的細心照料下，金桔長得枝繁葉茂，亭亭玉立。

一天，看了大半天書的蘇格拉底感到眼睛有些發澀，不由舒展雙臂，美美地伸了個懶腰。這時，透過窗戶，他看見一隻美麗的蝴蝶正繞著他的金桔翩翩起舞。看那樣子，好像對金桔十分親熱。

蝴蝶忽上忽下、忽左忽右地飛舞了一會，然後扇著翅膀款款地落在金桔的綠葉上，與金桔熱烈地擁抱著、親吻著、嬉戲著，纏纏綿綿地親昵了好半天，才依依不捨地離去了。

蘇格拉底被眼前的一幕感動了：原來昆蟲花木也有情啊！

直到蝴蝶遠遠飛去，他才起身來到陽臺上。這時他發現，蝴蝶還給金桔留有禮物呢！在嫩嫩的葉片上，整整齊齊排列著十幾粒閃爍著淺綠光澤的「小珍珠」。

幾天過去，蝴蝶留下的「小珍珠」上都出現了一個小黑點兒。

漸漸地，小黑點兒又變成了小黑洞兒。接著，從小洞裏鑽出一條小毛蟲來。小毛蟲蠕動著爬到金桔嫩葉的邊緣，毫不客氣地大吃大嚼起來。兩天過去，金橘已被咬得遍體鱗傷。

蘇格拉底目睹了這一切，不由大發感慨：人們常常為了友誼互相饋贈；但並非所有的饋贈都是為了友誼啊！

起飛的地點

蘇格拉底餵了隻大公雞。

這隻大公雞每天早上起來，拍拍翅膀，飛上園子邊的柵欄，再想飛高點，就不行了。

雄鷹從高高的山頂上騰空而起，一飛沖天。

公雞看後恍然大悟：難怪雄鷹飛得那麼高！原來牠和我起飛的地點不一樣嘛！

公雞請求蘇格拉底把牠帶到雄鷹起飛的那塊岩石上，信心十足地要和雄鷹一比高低。然而，牠用盡力氣撲騰了幾下，沒飛到幾尺高，就「嘎嘎嘎」驚叫著墜下了深谷。

蘇格拉底歎道：「這傢伙勇氣倒是不小，可惜，牠只注意了起飛的起點，卻不知道自己有多大能耐。」

毛毛蟲迷路

毛毛蟲的隊伍在行進的時候，一條緊跟著一條，秩序井然。頭領在前面負責領路，一邊爬行，一邊不停地吐絲，毛毛蟲隊伍沿著這根絲前進，一步也不偏離。回來的時候，這根絲就成了牠們的路標。毛毛蟲不管走多遠，都不會迷路。

蘇格拉底把這一切看在眼裏，決定做一個試驗：他巧妙地把一隊正在行進的毛毛蟲引到一個又高又大的花盆上，等最後一條毛毛蟲爬上花盆後，他就把花盆四周的絲線全部抹去，只留下盆沿上的一圈絲線不動。毛毛蟲就在牠們的頭領帶領下，沿著盆沿上的「路標」，一圈又一圈不停地爬。

幾天幾夜以後，這隊毛毛蟲筋疲力竭，全部死去。

「唉，」蘇格拉底大發感慨，「作為一支隊伍的頭領，如果迷失了方向，該是多麼可怕！」

非學術爭論

一群非學者在學者蘇格拉底面前展開了一場非學術爭論。

出版商搶先說：「我認為，世界上價值最高的無疑是著名作家的文字。一九七七年，美國作家詹姆士·瓊斯為電影《最漫長的一天》改了一句臺詞，就得了一萬五千美元的酬金！」

「那算什麼？」郵票商說，「『世界第一珍郵』的價值，要比作家文字的價值高多了！這枚郵票雖然只比大拇指甲蓋大一丁點兒，但一九八〇年拍賣時，售價連同傭金，高達九十三萬五千美元啦！」

「要我說呀，價值最高的是活生生的人。」某足球俱樂部經理振振有詞地說，「第十三屆世界盃還沒有結束，阿根廷球星迪亞哥·馬拉度納的身價已提高到一億美元。就是這個價，馬拉度納的佔有者——那不勒斯俱樂部還不願轉讓哩！」

「好啦，好啦！」金融家把聲音提高八度，壓倒了所有人的聲音，「你們爭了半天，都離不開一個『錢』字。說來說去，還是黃金價值最高。莎士比亞的劇本中有段臺詞講得妙：『金子，黃黃的發光的寶貴的金子，只這一點點兒，就可以使黑的變成白的，醜的變成美的，錯的變成對的，老人變成少年，懦夫變成勇士……』」

「不對，不對！瓊斯的文字價值最高！」

「胡說，胡說！『世界第一珍郵』的價值最高！」

「瞎扯，瞎扯！馬拉度納的價值最高！」

「不管你們怎麼說，價值最高的還是黃金！」

……

幾個非學者由晨至暮、你吼我叫地爭個不休，把嗓子都吵啞了，也沒有爭出個所以然來。最後，把目光一起集中到蘇格拉底身上。

蘇格拉底緩緩地說：「凡是能用金錢買到的東西，價值再高，也有限度。世界上價值最高的，是用黃金也買不到的東西。」

一語落地，四座愕然。

20

買刀

「耳聽是虛，眼見為實。」蘇格拉底不太相信自己的耳朵，卻十分信賴自己的眼睛。

有天，他想買一把切菜的刀，來到大街上，見一啞巴席地而坐，面前擺著一堆菜刀。

見有買主光顧，啞巴隨手操起一把刀來，在石板上蕩蕩，「乓乓乓」幾聲響，一根火柴棍粗細的鐵絲被剁成數截。隨後，他又從臀下的棉墊中扯出一撮棉絮來，「嚓嚓嚓」幾下，棉絮齊嶄嶄地斷為數段。

這獨特的售貨方式把蘇格拉底完全征服了，他毫不猶豫地掏出錢來，買下了啞巴手中這把菜刀，連價都沒有還。

回到家中，蘇格拉底喜滋滋地用一塊牛排試新刀，誰知，那刀並不見得鋒利，剁了半天也剁不動；他又用新刀切瘦肉，哪曉得一切一滾，差點兒切掉了他的一根手指；貼一身臭汗把刀口磨薄，沒料到一剁骨頭，刀刃上就崩出幾個缺口。

這親眼見的事咋也會出錯？

蘇格拉底在心裏歎道，事情的真相，並不都是可以一眼看穿的。輕信「親眼見」而不加鑒別，往往會成為假象的俘虜。

蘋果的味兒

學生們向蘇格拉底請教怎樣才能堅持真理。蘇格拉底讓大家坐下來。他用手指捏著一個蘋果，慢慢地從每個同學的座位旁邊走過，一邊走一邊說：「請同學們集中精力，注意嗅空氣中的氣味。」

然後，他回到講臺上，把蘋果舉起來左右晃了晃，問：「有哪位同學聞到了蘋果的味道？」

有一位學生舉手站起來回答：「我聞到了，是香味兒！」

「還有哪位同學聞到了？」蘇格拉底又問。

學生們你望望我，我看看你，都不做聲。

蘇格拉底再次走下講臺，舉著蘋果，慢慢地從每一個學生的座位旁邊走過，邊走邊叮囑：「請同學們務必集中精力，仔細嗅一嗅空氣中的味道。」

回到講臺上後，他又問：「大家聞到蘋果的味道了嗎？」

這次，絕大多數學生都舉起了手。

稍停，蘇格拉底第三次走到學生中，讓每位學生都嗅一嗅蘋果。回到講臺後，他再次提問：「同學們，大家聞到蘋果的味道了嗎？」

他的話音剛落，除一位學生外，其他學生全部舉起了手。那位沒舉手的學生左右看了看，慌忙也舉起了手。他的神態，引起了一陣笑聲。

蘇格拉底也笑了：「大家聞到了什麼味兒？」

學生們異口同聲地回答：「香味兒！」

蘇格拉底臉上的笑容不見了，他舉起蘋果緩緩地說：「非常遺憾，這是一枚假蘋果，什麼味兒也沒有。」

鳥兒收藏家

蘇格拉底來到鳥國。一群鳥兒收藏家見他兩手空空，便神氣活現地向他展示各自的收藏品。

大園丁鳥把他領到自己的收藏亭前，從亭子裏拿出一顆顆金屬鈕扣、一個個捲髮箍，還有鐵釘、湯匙、煙斗、眼鏡和一串鑰匙，自負地問蘇格拉底：「尊敬的哲學大師，這些寶貝你有嗎？」

蘇格拉底搖搖頭。

禿鷹把他帶到自己的巢邊，向他展示了三個高爾夫球、兩個電燈泡、五件小孩衣服和一本花花綠綠的畫報，瞇縫著眼睛問：「喂，怎麼樣？」

「不錯。」蘇格拉底點點頭。

駝鳥大步流星地拿來自己的收藏品，蘇格拉底一看，原來是各種各樣的壺蓋、空罐頭盒、自行車把手和一個停止走動的時鐘。

蘇格拉底抬起頭，把三張得意洋洋的面孔掃視了一遍。問：「諸位收藏家，你們可知道這些東西都是幹什麼用的？」

三位收藏家大眼瞪小眼，面面相覷。要知道，牠們壓根兒就沒有想過這個問題啊！

蘇格拉底看了看三張驚愕的臉，笑了笑，拂袖而去。

廚師家的老鼠

一天，一個廚師氣喘吁吁地跑來對蘇格拉底說：「怪事，怪事，如今的老鼠居然不怕貓！」

蘇格拉底給他倒了一杯開水，遞給他說：「喝口水吧，潤潤嗓子，慢慢說。」

廚師咕咚咕咚把水喝了個乾淨，用袖子抹了一把嘴巴，接著說：「不知為什麼，最近我家裏的老鼠多得擠成了疙瘩，偷吃食物不說，還把很多東西咬得一塌糊塗。我在捕鼠夾上放上香噴噴的牛肉作誘餌，那些狡猾的傢伙遠遠地就躲開了；我買來老鼠藥摻進新鮮的乳酪裏，牠們甚至連看都懶得看一眼。我恨得實在沒法子了，就到市場上買來一隻貓對付牠們。實指望這隻貓能把老鼠鎮住，誰知今天中午打開廚房一看，眼前的情景簡直把我驚呆了！」

蘇格拉底問：「怎麼啦，出了什麼事？」

廚師氣急敗壞地說：「幾十隻老鼠把貓團團圍住，又是玩耍嬉戲，又是蓄意挑釁。儘管貓對牠們又吹鬍子又瞪眼睛，可牠們好像一點也不害怕。有的還故意把魚拖到貓面前大吃大嚼。你說這事怪不怪？」

蘇格拉底問：「我就不明白，那隻貓為什麼不向老鼠發起進攻呢？」

廚師說：「啊，是這樣的，我把牠關在籠子裏了。」

蘇格拉底問：「你為什麼要把牠關在籠子裏呢？」

廚師說：「如果讓牠在外面，牠偷起東西來，不是比老鼠更厲害麼？」

「啊，」蘇格拉底說，「我明白了。」

廚師連忙問：「你明白了什麼？」

蘇格拉底說：「為什麼你家裏的老鼠會那麼猖狂。」

雪虎

蘇格拉底家養了一隻貓，不僅渾身雪白，模樣漂亮，而且身手敏捷，很會捉老鼠，蘇格拉底給牠取了一個名字：雪虎。蘇格拉底屋子裏的老鼠，不管是在樑上爬的、順牆角溜的、還是在櫃子裏面藏的，只要被雪虎發現，十有八九都會成為牠的俘虜。

一次，蘇格拉底在廚房裏聽見「吱吱嘰嘰」的鼠叫聲，就把雪虎叫了去。不一會兒，雪虎就銜出了兩隻又肥又大的老鼠。

這可把蘇格拉底高興壞了。自此以後，他每天都買魚買肉給雪虎吃，把雪虎餵得胖乎乎的，希望牠能捉更多的老鼠。

然而，雪虎的肚子被魚肉撐飽了以後，就不再想捉老鼠了。每次牠吃飽喝足，就慢悠悠地走到陽臺上去曬太陽。即使老鼠從身邊跑過，牠也懶得動一動。

蘇格拉底看在眼裏，教訓牠道：「喂，雪虎，你為什麼見了老鼠也不捉？」

雪虎抬起頭來，美美地撐了一個懶腰，閉上眼睛又躺下了。

蘇格拉底不再說什麼。第二天，他沒再給雪虎東西吃。雪虎的肚子餓了，圍著他「喵嗚喵嗚」大叫，他埋著頭看書，故意不理牠。

雪虎叫累了，肚子也餓得更厲害了，無奈何，只好爬起來鑽進屋子裏。不一會兒，就叼出來一隻大老鼠。

蘇格拉底暗自發笑：「看來，做事情光講『好心』是不行的啊！」

斑馬的條紋

一群斑馬在草原上悠閒地啃著草。蘇格拉底的學生被牠們身上黑白相間的條紋迷住了。

一個學生讚歎說：「在白底色上添加黑條紋。黑白相間，錯落有致，斑馬真懂得色彩學啊！」

另一個同學立即反駁說：「不對，恰巧相反，斑馬是在黑底色上添加白條紋！你仔細瞧瞧！」

那位同學走近斑馬認真觀察了一會兒，堅持說：「我說的沒錯！斑馬是在白底色上加黑條紋！不信，你再認真看看！」

另一位同學上前幾步，過細地觀察了一會兒，不容置辯地說：「還是我說的對！斑馬是在黑底色上加白條紋！」

「明明是白底色、黑條紋，你為什麼非要顛倒黑白呢！」

「明明是黑底色、白條紋，你為什麼非要強詞奪理哩！」

「你這人太固執了，錯了也死不悔改！」

「你這個人太自恃了，不對還要抱住不放！」

兩人正爭論的熱鬧，恰巧蘇格拉底走了過來。於是，他倆爭著向蘇格拉底陳述自己的看法，都想得到老師的支持。

蘇格拉底凝視著這群斑馬，沉思了一會兒，走上前大聲問道：「尊敬的斑馬小姐、斑馬先生，你們身上的顏色，究竟是在白底色上加的黑條紋，還是在黑底色上加的白條紋？」

斑馬們一點兒也不理睬他，兀自悠閒地繼續啃著草。

過了一會兒，蘇格拉底提高聲音又問了兩遍，斑馬們仍是不理不睬。

「瞧，」蘇格拉底攤開雙手，「牠們都回答不了，我怎麼能夠回答呢！」

「老師，你一再教導我們，研討問題一定要弄個水落石出。對於這樣一個簡單的問題，你怎麼……」兩個學生都不滿意。

蘇格拉底笑了笑，問：「你們都看過船、坐過船嗎？」

兩個學生都點點頭。

「如果站在河岸上看河裏的船，你覺得是岸在走，還是船在走？」

「那還用說，肯定是船在走啊！」

「如果坐在船上看河岸，你是覺得岸在動，還是船在動？」

「有時會覺得岸在動！」

蘇格拉底真誠地說：「孩子們，看問題就是這樣。同樣一件事，只因為站的角度不同，結果也就有了差異。現在，請你們站在對方的立場上，再看看斑馬身上的花紋好嗎？」

兩個學生依言再瞅瞅斑馬的花紋，都摸著自己的脖子，不好意思地笑了。

心思

斯多德和蘇格拉底一同從鄉村來到城市。經過一些年的努力，斯多德步入了上層社會，同許多有權勢的人交往密切；而蘇格拉底卻融入學者群裏，成了他們當中的一員。

斯多德每次見到蘇格拉底，總要帶來許多政壇秘聞：某某官運亨通，馬上要升遷了；某某和某某面和心不和，「嘴上叫哥哥，背後掏傢伙」；某大臣和某大臣穿著連襠褲，是狗扯連環的死黨；某某得罪了執政官，肯定不會有好果子吃等等。他談得津津有味，眉飛色舞，蘇格拉底卻聽得昏昏欲睡，直打呵欠。

一天，斯多德喜形於色地對蘇格拉底說：「兄弟，我昨天請克拉蘇吃飯了。」

「這難道也值得高興嗎？」蘇格拉底不以為然地說。

「你大概不知道，雅典城老行政官快卸任了，據可靠消息，下一任行政官可能就是克拉蘇！」斯多德壓低聲音，故作神秘地說。
「這和吃飯有什麼關係呢？」蘇格拉底還是不明白。
「現在，人們都在千方百計地和未來的執政官拉關係哩！難道你連這點奧妙也不懂？」
「真的，我對這些簡直一竅不通。」蘇格拉底直率地說。
「那你整天都在做什麼呢？」
蘇格拉底說：「自己的知識太少，需要學習的東西太多，想做的事情總也做不完，時間老是不夠用。你說的那些東西，我實在沒有功夫去琢磨啊！」
斯多德困惑地說：「你做的那些事情，我怎麼覺得一點意思也沒有呢？」
蘇格拉底說：「謝謝您，您說出了我們相互的感覺。」

蒙面人

蘇格拉底年輕的時候，總覺得被兩個蒙面人死死地糾纏著。

白天，他想幹點正經事，蒙面人在他面前喋喋不休地說，某某已經當上了執政官，你為什麼還是平頭百姓？你的知識不比他少，本事不比他小，為什麼他能得到重用，你卻得不到？那個說，某某突然暴富了，你的智力比他高，水平比他強，憑什麼他能成為百萬富翁，而你卻一貧如洗？

夜晚，蘇格拉底想安安穩穩地睡一覺，蒙面人又來到他的床頭絮叨個沒完。這個告訴他，誰晉升了什麼職位，誰當上了什麼明星，誰得到了什麼勳章，誰獲取了什麼稱號；那個對他說，某某賺了多少錢，某某獲了多少利，某某一本萬利發了財，某某拾到了天上掉下來的餡餅。

兩個蒙面人就這麼沒日沒夜地糾纏著他，只纏得他心煩意亂，寢食不安，什麼書也無心看，什麼事也無心做……看著看著，蘇格拉底瘦了一圈，原本紅潤的臉龐變得憔悴不堪了。

他再也無法忍受了，請求智慧女神幫幫他。

智慧女神說：「你要想擺脫這種糾纏和困擾，唯一的辨法，就是將兩個蒙面人徹底打敗！」說罷，交給他一把智慧寶劍。

蘇格拉底拿著智慧寶劍，苦苦拼殺了七天七夜，終於將兩個蒙面人擊倒在地。挑開他們的面巾一看，原來，一個是「名」，一個是「利」。

從此，蘇格拉底心神安泰。

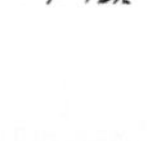

選擇

一個貪得無饜的人在路上與蘇格拉底相遇。

這人不懷好意地說：「聽說你是一個很有學問並且道德高尚的人，你自己認為這評價怎麼樣？」

蘇格拉底謙虛地說：「這不過是一些人對我的過譽和鼓勵。」

那人挑釁地說：「如果有兩樣東西讓你選擇，你會選擇什麼？」

蘇格拉底說：「我不知道你所說的兩樣東西是什麼。」

那人說：「一樣是道德，一樣是金錢。」

蘇格拉底反問道：「如果讓你選擇呢！」

「我當然選擇道德啊！」那人胸有成竹地回答後，又詰問，「你呢？」

蘇格拉底不假思索地回答：「我選擇金錢。」

那人哈哈大笑起來：「露餡了，露餡了！原來你是一個只要金錢不要道德的人啊！」

蘇格拉底淡淡地回答：「先生，你錯了！人們選擇的東西，並不是自己所擁有的，而是自己所缺少的！」

美麗的小鳥

蘇格拉底十分喜歡小鳥。閒暇的時候，他常常站在樹林裏，饒有興致地傾聽小鳥的歌唱和私語，如醉如癡地欣賞小鳥跳舞和飛翔。

有人送給蘇格拉底一隻小鳥。這鳥兒美麗極了，紅紅的小嘴，翠綠的羽毛，長長的尾巴，蘇格拉底愛不釋手，寵愛有加。

他買了一個非常精緻的鳥籠，在籠裏放上精美的鳥食和清澈的泉水，把小鳥放了進去。但是，小鳥卻不吃也不喝，在鳥籠裏面拚命地亂撞，一會兒撲到籠子的頂端，一會兒撲到籠子的底部，一會兒從左邊撞向右邊，一會兒又從右邊撞向左邊……一刻也不肯停息。

蘇格拉底聽人說，小鳥到了一個陌生的環境裏，總是要折騰一陣子的。最好的辦法是用一塊布把鳥籠遮嚴，讓小鳥慢慢地安靜下來。

蘇格拉底照這個法子做了，不一會兒，鳥籠裏果然平靜下來。他滿意地笑了笑，決定今天不再打擾這個小寶貝，讓牠好好地休息休息。

第二天早上，蘇格拉底多想聽到小鳥的啁啾啊，但是沒有。他忐忑不安地取下鳥籠上的布，籠子裏的情景讓他驚呆了。只見小鳥匍匐在籠子的一角，閉著眼，低著頭，一動也不動，脊背上鼓起一個發亮的大包，就像背著一個袖珍氣球——這是小鳥生氣氣出來的。

蘇格拉底心中一陣戰慄，趕緊打開籠門，把小鳥從籠子裏取出來，小心翼翼地捧在手裏，快步走到樹林邊，伸開了手掌。

小鳥開始猶豫了一會兒，接著，牠抬頭望了望天空，又望了望蘇格拉底，「嗖」一下飛走了。

蘇格拉底依舊愛鳥，但從此不再養鳥。

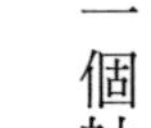

頭髮

蘇格拉底潛心研究哲學，用腦過度，頭頂「水土流失」嚴重，原本非常茂密的頭髮，掉得只剩下了稀稀落落的幾根，不僅少了點帥氣，而且，還增加了幾分老氣。

一天，一個滿頭金髮的年輕人與蘇格拉底迎面相遇。他把雙臂抱在胸前，以異樣的眼光注視著面前的長者，用揶揄的口吻問：「尊敬的大哲學家，向你請教一個問題可以嗎？」

蘇格拉底謙虛地說：「別說『請教』，咱們共同探討吧！」

年輕人說：「一個人是否頭髮越少，就意味著學問越多呢？」

這句話的弦外之音，蘇格拉底當然聽得出來。他微微一笑，說：「這倒不一定。但是，如果腦子裏空空如也，即使長著一頭濃密漂亮的頭髮，又有什麼用？」

損失

古希臘有一種非常不好的風氣，誰要想當官，就得找關係，尋路子，在權貴面前卑躬屈節，阿諛奉承，還得送禮行賄，給上司好處。會吹會拍會送的，再沒有本事，也能夠飛黃騰達，青雲直上；不會吹不會拍不會送的，本事再大，也得不到重視，得不到提拔。雅典城有個順口溜說：會幹的不如會吹的，會吹的不如會拍的，會拍的不如會送的。

世人公認，蘇格拉底是雅典城裏最有智慧的人，但是，卻一直不能受到重用。有人勸他說：「你為什麼不吹捧吹捧當官的，給他們送點禮物呢？你瞧瞧，那麼多烏七八糟的人都爬上去了，你卻得不到重用，多不公平啊！」

「讓我給他們送東西？」蘇格拉底說，「那樣做損失太大了！」

「不就是幾個錢嘛！只要當上了官，還愁沒有錢嗎？」勸他的人笑他心眼太死。

蘇格拉底說：「你誤會了。我害怕失去的東西遠比金錢寶貴多了。」
「那是什麼呢？」
「人格和尊嚴。」

狡蚊之死

蘇格拉底正在給學生講課，一隻蚊子「營營」地飛了進來，叮叮這個，咬咬那個，攪得一屋子人都不安寧。

「啪」，一會兒這裏發出一記拍打聲。

「拍」，一會兒那裏發出一記拍打聲。

但是，這隻可惡的蚊子實在太狡猾，學生們你拍我打折騰了半天，誰也沒有打著牠。

後來，這隻蚊子落到蘇格拉底的光胳膊上。蘇格拉底看著牠抬起屁股，看著牠翹起後腿，看著牠把長長的嘴刺進自己的皮膚，但他一動也不動，靜靜地看著殷紅的鮮血吸進那小東西透明的身體，把牠的肚子撐得鼓脹起來，好像一個小小的血球。

這時，蘇格拉底不慌不忙地抬起手掌，輕輕一拍，吃得太飽的蚊子已失去了原來的靈活，當即斃命。

蘇格拉底用小指輕輕彈去死蚊子，自言自語地說：「不可貪婪。貪婪使聰敏者變得愚笨。」

讓鳥兒選擇

主張養鳥的人和主張放鳥的人展開了一場爭論。

主張養鳥的人說：「養鳥是一種愛鳥的行為。可以通過人工繁殖的辦法，增加鳥的數量。」

反對養鳥的人說：「養鳥就要捕鳥。每捕捉到一隻鳥，就會有十隻鳥受到傷害而死亡。因此，應該把籠中鳥放歸自然。」

主張養鳥的人說：「有些籠中鳥已經失去了在野外生活的能力。如果放出去，牠們就會因不會覓食而死亡。」

要求放鳥的人說：「籠中鳥放飛以後是會死去一些，但養鳥捕鳥造成的損失遠比這大的多。」

主張養鳥的人想不通：「這麼說來，好像不養鳥的人比養鳥的人更愛鳥？」

反對者說：「愛是給予，愛是尊重，愛是平等。如果愛什麼，就把什麼據為己有，這是一種自私的行為。」

……

雙方公說公有理，婆說婆有理，誰也說不服誰。最後他們一起找到蘇格拉底，請這位智者來評判。

蘇格拉底沉吟了片刻，緩緩地說：「你們為什麼不試試把鳥籠打開，讓鳥兒自己去選擇呢？」

丟失

蘇格拉底住在一棟樓房的底層。他的上面，住著一個小青年。這個小青年老是往樓下扔垃圾。什麼爛襪子、破鞋子、果皮、紙屑……有什麼破爛就丟什麼，有時甚至連臭魚、爛蝦也往樓下扔。

蘇格拉底深受其害。說過、勸過，都不管用，沒辦法，只好自己當清潔工。小青年丟什麼，他就收拾什麼，反正不讓樓下髒著。

這天，小青年又把一包爛東西往樓下扔，天女散花似地撒了一地。蘇格拉底默默地把這些東西都掃進畚箕裏，搖搖頭，仰起臉喊道：「年輕人，你怎麼把這麼貴重的東西都丟了呢？」

聽到這聲喊，小青年連忙探出頭來問道：「老爺子，什麼東西啊？」

蘇格拉底大聲說：「這東西太寶貴了！它是丟不得的！」

小青年著急地問：「親愛的老大爺，到底是什麼東西？」

蘇格拉底說：「你把這麼貴重的東西丟掉了，難道還渾然不覺？」

小青年愈發著急了：「我最最尊敬的老先生，快別賣關子了！究竟是什麼東西呀？」

蘇格拉底指指心口說：「公德！」

讚美

狂風呼喊著、咆哮著、獰笑著奔襲過來，企圖把大地上的一切都席捲而去。

一棵大樹挺起胸膛，頑強地與狂風搏鬥著。狂風暴虐地糾纏著它，想按下它高貴的頭，壓彎它不屈的腰。但是，它奮力抗爭，不屈不撓。

大樹下面有一片小草。狂風根本不把它們放在眼裏，像擀麵條一樣把它們揉來揉去，幾乎要把它們撕成碎片，碾成粉末。小草在狂風中抖動戰慄，屈腰伏身，把臉緊緊地貼在大地上。

狂風終於累了，走了。人們發現，大樹折斷了腰，小草卻慢慢揚起了臉。

學生問蘇格拉底：「老師，你認為大樹和小草，誰值得讚美？」

蘇格拉底說：「我讚美大樹，也讚美小草。」

059 讚美

怪題

有個青年人自認為比蘇格拉底聰明。自稱，蘇格拉底懂得的事情，他全部懂得；他懂得的事情，蘇格拉底卻不見得知道。

有一天，蘇格拉底問他一個問題：「世間是先有蛋還是先有雞？」

青年人不假思索地回答：「雞是從蛋中孵出來的，自然是先有蛋啦！」

「蛋是雞下的，沒有雞，蛋從哪裡來？」

青年人想了想說：「那還是先有雞！」

「你剛才已經說過，雞是由蛋孵出來的。沒有蛋，雞從哪兒來？」

「……」青年人抱怨說，「你怎麼提出這樣一個怪問題呢？現在我也問你一個問題。」

「請提吧。」

以不知为不知
以不知为知

青年人狡黠地眨眨眼：「你說是先有蛋還是先有雞？」
蘇格拉底老老實實地回答：「我不知道。」
青年人笑了：「這樣看來，你和我其實差不多啊！」
蘇格拉底說：「不，你是以不知為知，我是以不知為不知！」

尋找名馬

純種阿拉伯馬，耳朵小，眼睛大，身材勻稱，四肢發達，體格健壯，長尾飄逸，既有紳士的風度，又有戰士的忠誠，很受人們喜愛。牠們常常出現在歐洲王室豪華的婚禮上和奧林匹克運動會的馬術比賽場上。可惜，這種名馬卻一度瀕臨滅絕的境地。

約旦政府專門設立養馬場，懸賞重金尋找純種阿拉伯馬。但是，尋馬人費盡心機，吃盡苦頭，卻踏破鐵鞋無覓處。人們不禁發出疑問：世間還存在這種名馬嗎？

正在人們幾乎要喪失信心的時候，一位女士偶然發現一匹骨瘦如柴、骯髒不堪的白色母馬，沒精打采地站在路旁。女士停住腳步仔細一看，幾乎不敢相信自己的眼睛：這不正是一匹純種的阿拉伯馬嗎？

這條爆炸性的新聞使人們興奮不已，也使許多人忌妒萬分：「這女人運氣真好。那麼多人花那麼大功夫都沒有找到的名馬，她居然在路邊撿到了！」

蘇格拉底出來為她分辯說：「事情並不這麼簡單。尋找被當作名馬的名馬，有兩隻眼睛就夠了；要發現不被當作名馬的名馬，卻還得有另外一隻眼睛。」

忌妒的人瞪圓眼睛瞅瞅女士的臉，糊塗了：「她臉上也只有兩隻眼睛呀！」

蘇格拉底微微一笑，不再言語。

誰是麗麗

環宇智慧型機器人研究所研製出一個高智慧的機器女郎，取名「麗麗」。麗麗和血肉之軀的姑娘們一樣俊俏動人，情感細膩。而且，她的皮膚和真人一樣有體溫，有彈性，有毛孔，有纖細的毫毛，如果用尖銳的東西輕輕地紮一下，還能流出殷紅的血液。

研究所主任自負地和蘇格拉底打賭說：「如果你能在一群姑娘中把麗麗辨認出來，我請你吃晚餐。」

蘇格拉底微微一笑，轉身走到姑娘們面前，先請她們表演琴棋書畫技藝；又請她們展示唱歌、舞蹈才能；接著又訊問了天、地、人百科知識。這一切活動都結束後，他毫不費力地把麗麗認了出來。

研究所主任驚愕地問：「難道你看出她在表演中有什麼破綻？」

蘇格拉底道：「恰巧相反，她太完美了。真正的人都是有缺陷的。」

懸崖上

暑假裏，蘇格拉底和他的幾個學生外出旅遊。

他們來到一個風景優美的地方，這地方有一處險境叫「鬼見愁」。「鬼見愁」一面是千仞高山，另一面是萬丈懸崖。懸崖下面黑乎乎的看不見底，丟一塊石頭下去，好半天才能聽到落地的聲音。

幾個年輕人忽然來了興致，要在懸崖上比試膽量。

一個年輕人說：「我敢站到離懸崖邊只有一步的地方。」

「一步算什麼？我敢站到離懸崖邊只有半步的地方。」另一個年輕人說。

「你們的膽量都還太小，」第三個年輕人說，「我敢站到懸崖的最邊兒上。」

蘇格拉底在旁邊默默地聽著，臉上一副不以為然的神色。

年輕人們一起問他：「老師，如果是你，你敢站到什麼地方？」

蘇格拉底慢騰騰地說：「我遠離懸崖。」

百花會

蘇格拉底和朋友們約定，每人挑一朵自己最喜愛的花，開一個「百花會」。

甲煞費苦心地挑了一朵，心想，「這花是世人公認的無冕之王，百花會上一定能穩奪魁首。」

乙千挑萬挑，選了一朵，心中盤算，「花中富貴者要數它了，百花之主非它莫屬。」

丙一大早鑽進花園裏選花，到日落時才確定了一朵，這花雖非他的最愛，但他認為，「這種花聲高名重，拿到花會上奪冠有望。」

蘇格拉底胸有成竹地來到花市，徑直走到一盆花前，搬了就走：「憑我這眼力，此花准能豔壓群芳。」

戊、戌、辰、辛、子、丑、寅、卯……也都選好了一朵花，他們都自信能在百花會上爭得第一。

花會開始了，大家一起把花亮出來，隨即一起瞪大了眼睛：

——清一色的牡丹！

「哈哈哈，真是英雄所見略同！」

「哈哈哈，真是，真是……」

「英雄所見，英雄所見……」

只有蘇格拉底說了一句實話：「當大家的思維都一樣的時候，這個世界就變得乏味了！」

瘋子

蘇格拉底和他的學生在大街上行走，幾個瘋子手舞足蹈地圍了過來。

一個瘋子說：「你們知道嗎？我用一團火造成了太陽，又用一塊冰磨成了月亮，順手抓起一把碎玻璃往空中一撒，就變成了滿天的星星！」

一個瘋子說：「告訴你們一個秘密，天上拉大幕的，是我的僕人。我叫他拉開大幕，天便亮了；我叫他閉上大幕，天就黑了。」

另一個瘋子說：「我用指頭摳出了大海，並用從大海中摳出的泥土堆成了高山。可我從來不向別人吹噓。」

又有一個瘋子說：「我不光用土揉成了地球，用水澆成了水星，用木頭削出了木星，而且還用黃金鍛造成了金星。一句話歸總，這宇宙裏的一切都是我創造的。沒有我，就沒有宇宙！」

好不容易擺脫了這幾個「偉人」的糾纏。柏拉圖問蘇格拉底：「這些傢伙怎麼都如此狂妄？」

蘇格拉底說：「你們見到過謙遜的瘋子嗎？」

財富

國王和幾個富翁聽說蘇格拉底很富有，可是他們看到蘇格拉底後，卻見他穿著一身皺巴巴的舊衣服，國王和富翁們大失所望。

一個富翁對蘇格拉底說：「我原以為你富甲天下，沒想到你是如此落魄。你知道嗎？我的羊群和牛群數也數不清，那都是我的財富！」

另一個富翁對蘇格拉底說：「我雖然沒有你那麼大的名氣。可是我絕不會穿你這麼舊的衣服。在我手下織布的人不知有多少，就是一天換一百套衣服，我這輩子也穿不完。這些都是我的財富！」

國王對蘇格拉底說：「不管多麼富有的人，在我的大海裏都只是一滴水。普天之下，空中飛的，地上長的，水裏游的，都是我的財富。請問先生，你的財富呢？」

蘇格拉底不慌不忙地說：「你們有的財富，我沒有；我有的財富，你們也沒有。」

國王和富翁們哈哈大笑起來：「你也有財富？你的財富在哪裡？」

蘇格拉底指指自己的腦袋。

「啊哈哈……那也叫財富？你那顆腦袋能值幾個錢？」國王和幾個富翁笑得連腰都直不起來了。

蘇格拉底靜靜地看著他們，就像欣賞一出滑稽戲。

公平在心

在古代的文學作品中，後媽總是壞女人的代名詞。後媽的形象總是被描繪成陰毒兇惡的模樣。然而，希臘城裏一位後媽，卻受到子女和鄰居們的交口稱讚。蘇格拉底對這件事很感興趣，在一個天氣晴朗的下午，登門拜訪這位婦女。

婦人很客氣地接待了他：「先生找上門來，一定有什麼要教誨我們吧！」

「不不，我是來向您求教的。」蘇格拉底誠懇地說，「一般來說，人們都認為後媽對子女會一碗水端不平。你為什麼做得這麼好，讓大家都滿意？」

婦人說：「我原來的丈夫去世了，我和現在的丈夫各有一個孩子。對這兩個孩子，我一樣疼愛，一樣體貼，一樣當成親骨肉。」

蘇格拉底說：「人們的心是很難滿足的。你是怎樣讓孩子們不感到你厚一個，薄一個的？」

077　公平在心

婦人說：「我給他們買一樣的衣服，一樣的鞋子，一樣的圍巾，一樣的帽子。家裏做麵包，也做得一樣大小。一句話，什麼都一樣。」

蘇格拉底笑了：「但有些東西，卻不可能完全一樣啊！比方說，你買回一籃蘋果，那蘋果有大有小，有好有壞，它們要長成什麼模樣，完全由著它們，人是沒有法子的。你是怎樣分，讓兩個孩子感到不偏不倚而不產生誤會呢？」

「這好辦，」婦人說，「我讓一個孩子把蘋果分成兩堆，然後，讓另一個孩子先挑。」

「如果是一個蘋果呢？」

「那就讓一個孩子把蘋果切成兩半，讓另一個孩子先拿。」

「啊，您怎麼會有這麼多主意呢？」蘇格拉底覺得很有趣。

婦人摸著自己的胸口說：「真正的公平，是揣在心裏的。只要有一顆公平的心，還愁找不到公平的辦法嗎？」

「說得真好！」蘇格拉底被感動了，他向婦人深深地鞠了一躬，說：「您今天讓我懂得了公平的真諦。」

球王得子

球王喜得貴子，親朋好友紛紛向他表示祝賀。

「瞧這小子，虎頭虎腦的，多可愛啊！」

「將門出虎子，這小子將來一定有出息！」

「看這胳膊腿就知道，未來的綠茵場上，一定會添一員驍將！」

「龍生龍，鳳生鳳，球王的兒子長大了，自然也是球王嘍！」

「說得好！讓我們為未來的球王乾杯！」

眾人高高舉起酒杯。

「叮叮噹噹」，一陣碰杯聲響過，球王恭敬地問蘇格拉底：「先生，我想聽您一句話。」

蘇格拉底說：「我和大家的看法恰巧相反，這孩子將來一定成不了球王。」

人們一下子全愣住了，用眼光畫出一個個問號。

「因為，球王的父親雖然不是球王，但他很貧窮；而這孩子的父親雖然是球王，但他卻很富有。在一個富有的家庭長大的孩子，是不可能吃得了苦的。當球王，必須能吃大苦！」

球王舉起酒杯，與蘇格拉底一碰，一飲而盡：「真正的智者，蘇格拉底也！」

眼皮問題

一個年輕人向蘇格拉底述說：「您有滿肚子學問，能不能借給我一個智慧，幫我解決一個難題呢？這個問題太讓我煩惱了！」

蘇格拉底謙虛地說：「你過獎了。其實，我也就只有那麼一兩個不太高明的點子，我願意把它全部送給你。能幫助你解除煩惱，這是令人高興的事兒。」

年輕人說：「你是看得到的，我生就了一對單眼皮。可是，有的姑娘卻喜歡雙眼皮的男人。我怎麼才能夠獲得這些姑娘的芳心呢？」

蘇格拉底說：「很簡單，你只要到醫院去，請醫生動一個小小的手術，你的願望就實現了。」

「可是這樣一來，那些喜歡單眼皮的姑娘就會不喜歡我了。」年輕人感到左右為難。

「那麼我送給你第二個智慧：你把一隻眼改成雙眼皮，另一隻眼保留單眼皮吧！」

「喲，我怎麼沒有想到這個主意呢？」年輕人高高興興地走了。

過了一段時間，年輕人找到蘇格拉底，氣急敗壞地說，「先生，上次您給我出的那個主意，是一個餿得不能再餿了的主意了！我照你的主意辦了，結果，喜歡雙眼皮的姑娘說我有一隻眼是單眼皮，喜歡單眼皮的姑娘說我有一隻眼是雙眼皮，她們誰也不喜歡我了。您害得我好慘！」

「噢，那麼，我把最後一個智慧也交給你吧，」蘇格拉底先表示抱歉，然後說：「如果你喜歡那些喜歡單眼皮的姑娘，你就恢復你的一對單眼皮；你如果喜歡那些喜歡雙眼皮的姑娘，你就把另一隻眼也改成雙眼皮。你如果想獲得所有姑娘的喜歡，你就得再生一雙眼睛才成。」

鼻子

蘇格拉底長著一個又扁又闊的鼻子。人們在讚美他的學識的時候，也免不了要附帶著把他的鼻子頌揚一番：「啊，這鼻子多漂亮呀！你瞧它，大大的，寬寬的，在我們這個城市裏，恐怕再也找不到第二個這麼帥的鼻子了！」

聽了這些話，一個青年人想，我如果把自己的鼻子加工成「蘇格拉底的鼻子」，不也可以增加幾分學者的風度麼？於是，他就花了一筆錢，請美容師把他的鼻子做成了「蘇格拉底的鼻子」。

這個鼻子一出現在大街上，立即便引起了一陣改鼻子熱，美容院裏門庭若市，改鼻子的年輕人排成了長長的隊伍。不到半年時間，街頭上到處都是「蘇格拉底的鼻子」。

「蘇格拉底的鼻子」長在蘇格拉底的臉上，怎麼看都協調；但一「長」到另外一些人的臉上，卻怎麼看都覺得彆扭。

蘇格拉底平時很少出門，一天，他站在門口看到滿街的「蘇格拉底鼻子」，不由自嘲地說，「看來，我也得改改自己的鼻子了。」

魚缸

蘇格拉底的學生中，有個人特別好鬥，而且喜歡使心眼。跟他打交道，同學們都感到不放心。不少人先後找到蘇格拉底，要求把他驅除出去。但是，蘇格拉底卻不答應。

漁人捕魚回來，把幾十條小沙丁魚送給了蘇格拉底和他的學生們。看見這些活蹦亂跳的魚兒，蘇格拉底和他的學生們都非常喜愛，便分別把牠們裝進了幾個魚缸裏。

過了一些日子，學生們的魚缸裏的魚全死了，唯有蘇格拉底的魚缸裏的魚還遊得挺歡。

學生們感到很奇怪：「我們的魚都是從一個魚桶裏分出來的，我們的魚缸都是從同一個商家那兒買來的，我們餵魚的餌料也完全一樣，為什麼你的魚全活下來了，而我們的魚卻一條也沒有倖存呢？」

蘇格拉底把學生們領到他的魚缸前，只見他的魚缸裏除了沙丁魚外，還放了一條鯰魚。這條好戰的魚不時把沙丁魚們追趕得拚命逃竄，魚缸裏充滿了緊張不安的氣氛。

蘇格拉底說：「現在你們該明白，我為什麼要繼續收留你們不喜歡的那位同學了吧！」

玉米種子

蘇格拉底的朋友知道他有兩個親戚在鄉下，便送給了他一袋優良的玉米種子。沒多久，恰巧這兩個親戚從兩個不同的居住地先後進城來了，蘇格拉底就一人一半，把種子全送給了他們。

第二年收穫後，兩個親戚都歡天喜地地進城來報告豐收的喜訊。他們千恩萬謝地對蘇格拉底說：「多虧您呀，好兄弟！您給了這些種子，我們收穫的玉米比往年足足增加了一倍！」

第三年收穫後，兩個親戚又來了。不過，這次是一個歡喜一個愁。

一個說：「今年不僅我豐收了，周圍的莊稼人用了我的種子，都獲得了大豐收！」

另一個說：「我才不會那麼傻呢！我絕不會把良種讓給別人。讓別人把自己的

優勢奪了去！」

問及當年的收成，這個親戚有些喪氣地說：「與去年相比，差了一大截！不過，來年我再加一把勁，會把今年的損失彌補回來的。」

又一年很快過去，兩個親戚再次來到蘇格拉底的家裏。這回，一個依舊春風滿面，另一個則像霜打的茄子。

春風滿面的親戚對蘇格拉底說：「鄉親們都讓我捎信感謝您，是你送的種子讓大家都有錢花了！」

那個像霜打了的親戚卻把頭垂得低低的，唉聲歎氣地說：「我倒大霉啦！不知為什麼，你送給我的種子全變了，變得比普通玉米種還不如。儘管我今年把吃奶的勁兒都使出來了，可是，玉米的收成卻更糟啦！」

蘇格拉底沉吟片刻，搖了搖頭說：「這怪誰呢？你捨不得把好種子分給大家，這麼一來，你的玉米就只能接受周圍劣質玉米的花粉。在劣質玉米的包圍下，怎麼可能長久保持優質玉米的優良品質呢？」

抱牛

在鄉下，蘇格拉底住在一個農夫家裏。

農夫家門口有一條小河，河不寬，但水很深。河上有一條獨木橋，僅能過人，牛、馬、驢、騾等四條腿的牲畜都過不去。

農夫買了一頭小牛，每天，他都抱著小牛往來於獨木橋上，讓小牛到對面的草地上去吃草。一年三百六十五天，天天如此，一天也不間斷。

小牛一天天長大，眼看已長成一百多公斤重的大牛了，農夫仍抱著牠在獨木橋上過去過來，一如往常，渾然不覺。

有一天，農夫因事沒有抱牛過河。蘇格拉底提醒他說：「你還是把牛抱過河再回來辦你的事吧！」

農夫說：「我已經給牠準備了足夠的草料，今天就不抱牠過去了。」

「不，今天你一定得抱牠過去。否則，你明天也許就抱不動牠了！」蘇格拉底加重語氣說。

農夫笑道：「哪會呢？我已經抱了牠六百多天了，停一天不礙事的。」

蘇格拉底還想再勸，但農夫已經頭也不回地匆匆走了。

第二天吃過早飯，農夫調侃地對蘇格拉底說：「先生，你看我還能不能把牠抱起來？」說罷，便蹲下身去把牛抱在懷裏。當他還想像往日一樣把牛抱起來的時候，忽然發覺，這牛變得像山一樣沉，任他怎麼使勁，牠就是嵬然不動。

一天，僅僅就停了這麼一天，從此，農夫再也抱不起這頭牛了。

讓月亮跟你走

蘇格拉底已經五十二歲了，一個二十五歲的姑娘卻瘋狂地愛上了他，並且最終成了他的妻子。

一個老氣橫秋，一個鮮嫩欲滴；一個像秋霜打過的衰草，一個如含苞欲放的鮮花。對這樁「不般配」的婚姻，許多人都大惑不解。

有個人終於忍不住了，向蘇格拉底刺探其中的奧妙：「先生，你是用什麼方法把小姑娘追到手的？」

「不，是她追我！」蘇格拉底糾正說。

「奇怪，那麼多年輕人她不追，為什麼要追你？」

蘇格拉底說：「我實在沒有功夫研究這個問題，我只是專心致志地做自己的事情。」

那人不相信，繼續窮追不捨：「這麼漂亮的姑娘，你不追她，她怎麼會愛上你呢？」

蘇格拉底抬頭望望天空，說：「請看看天上的月亮吧，你愈是拼命地追她，她愈是不讓你追上；而當你一心一意趕路的時候，她卻會緊緊地跟著你。」

平息爭鬥

蘇格拉底的後院裏關著兩隻羊，由於大半天沒有吃東西，餓得咩咩直叫。一個學生拔來一把青草丟在牠們的面前。就因為這把草，引起了一場爭鬥。兩隻羊開始你爭我搶。爭著搶著，便來了火氣。兩個勇士慢慢後退，虎視眈眈，然後直立起來，狠狠地向對方撞去。

爭鬥者越鬥越眼紅，犄角碰到一起，發出可怕的撞擊聲。學生急得又是大聲嚇唬，又是跺腳威脅，又是扯牠們的尾巴，又是踹牠們的屁股，但是，累得渾身汗水直淌，也無法使牠們分開。

這時，蘇格拉底走了過來，對學生說：「你不用管牠們，快去再拔一些草來，拔得越多越好。」

不一會兒，學生抱著一大抱青草跑回來了，師生二人各拿著一半青草伸到羊的面前，兩隻羊停止了爭鬥。

學生對蘇格拉底說：「老師，這個辦法真好，您是怎麼想出的？」

蘇格拉底說：「因什麼發生的事端，最好還是循著誘發事端的原因，去尋找解決的辦法。」

一碗水

一場罕見的大旱席捲古希臘。蘇格拉底和學生們的食用水，都是從一個很深很深的山谷裏打上來的，每人每天只有一小桶，大家都看得十分金貴。

在附近的山坡上，長著一片小樹林。火辣辣的太陽烤得這些小生命奄奄待斃。蘇格拉底每天都從分給自己的那一小桶水中，省下一小碗，澆在一棵小樹的根部。

「這麼大一片樹林，你這小小的一碗水有什麼用呢？」一個學生迷惘地問。

蘇格拉底說：「我沒法子救活那一大片樹林，但是，這棵小樹也許會得救的。」

他堅持每天省下一小碗水，小心地澆在那棵小樹的根部。

學生們被感動了，他們每人都選定一棵小樹，每天省下一小碗水來，澆在小樹的根部。

許多天以後，大旱終於結束。一場大雨，給萬物帶來了生機。

山坡上的那一大片小樹，絕大多數都已經乾死，永遠再長不出青枝綠葉，而蘇格拉底和他的學生們澆水的那些小樹卻幸運地存活下來。幾十年後，長成了一片鬱鬱蔥蔥的樹林。

這些樹的種子被人們採集起來，播種到一面面山坡上。幾百年過去，滿山遍野都被森林覆蓋起來。

這裏的森林世世代代都傳誦著一個故事；

這裏的鳥兒們世世代代都傳唱著一首歌兒；

這裏的人們世世代代都傳承著一種精神——

一碗水。

學會放棄

蘇格拉底帶著他的學生們打開了一座神秘的倉庫。這座倉庫裏裝滿了奇異的寶貝。這些寶貝不知道是什麼時候存放的，也不知道存放者是誰。仔細看看，每件寶貝上都刻著清晰可辨的文字，分別是：驕傲、妒嫉、痛苦、煩惱、謙虛、正直、快樂……

這些寶貝是這麼漂亮，這麼迷人，學生們見一件愛一件，抓起來就往口袋裏裝。

可是，在回家的路上，他們才發現，裝滿寶貝的口袋是那麼沉。沒走多遠，他們便感到氣喘吁吁，兩腿發軟，腳步再也無法挪動。

蘇格拉底說：「孩子們，我看還是丟掉一些寶貝吧。後面的路還長呢！」

學生們戀戀不捨地在口袋裏翻去翻來，不得不咬咬牙丟掉一兩件寶貝。但是，寶貝還是太多，口袋還是太沉，年輕人們不得不一次又一次停下來，一次又一次咬著牙丟掉一兩件寶貝。

「痛苦」丟掉了，「驕傲」丟掉了，「煩惱」丟掉了……口袋的重量雖然減輕了不少，但年輕人們還是感到它很沉很沉，雙腿依然像灌了鉛似的重。

「孩子們，」蘇格拉底又一次勸道，「你們再把口袋翻一翻，看還可以甩掉一些什麼。」

學生們終於把最沉重的「名」和「利」也翻出來甩掉了，口袋裏只剩下了「謙遜」，「正直」，「快樂」……一下子，他們感到說不出的輕鬆，腳上彷彿長了翅膀。

蘇格拉底長長地舒了一口氣：「啊，你們終於學會了放棄。」

角色

每天一大早，老瞪羚就把小瞪羚們喚醒，叮囑說：「孩子們，快起來練習跑步吧！咱們必須跑得比最快的獅子還快！否則，就會送命！」

每天一大早，老獅子就把小獅子叫起來，催促道：「孩子們，快起來練習跑步吧！咱們至少要比跑得最慢的瞪羚快。否則，就會餓死！」

每天一大早，瞪羚就開始飛奔。

每天一大早，獅子就開始追逐。

每天，都有瞪羚葬身獅腹。

每天，都有獅子腹中空空。

蘇格拉底和他的學生們來到荒原上。目睹了這一切，為自己在生活中扮演什麼角色，學生們爭論起來。

有的說自己是獅子。
有的說自己是羚羊。
有的說自己有時是獅子，有時是羚羊。
有的說自己在羚羊面前是獅子，在獅子面前是羚羊。
大家爭來爭去，誰也不服誰。
蘇格拉底對他們說：「一個人是什麼角色都無所謂。最重要的，是太陽一出來，你就開始奔跑，不要偷懶。誰如果偷懶，不是像跑得最慢的羚羊那樣被吃掉，就是像跑得最慢的獅子那樣被餓死。」

傘

蘇格拉底到傘城講學，那裏的傘價廉物美，他一下子買了五把。

學生們問他為什麼買這麼多傘，他說：「這東西最容易丟掉，多準備幾把，免得丟一把便沒有用的了。」

聽了老師的解釋，學生們都暗暗發笑。

沒過多久，蘇格拉底果然將一把傘弄丟了。於是，他又拿出一把傘來，得意地對學生們說：「怎麼樣？這就叫有備無患。」

學生們這才覺得，老師一次買幾把傘，似乎有點兒道理。

第二把傘沒用多久，蘇格拉底又不知道把它放到了哪兒，他絞盡腦汁想了又想，也沒有想出個所以然來，只好拿出了第三把傘。

這把傘用的時間稍微長一點兒，但是，他還是把它丟掉了，並且，接著又丟掉了第四把。

家裏只剩下最後一把傘了，蘇格拉底格外愛惜，這把傘一直用到破也沒有丟掉。

幾年後，蘇格拉底再次到傘城講學，學生勸他多買幾把傘。這回，他卻只買了一把。

「美妙」的誘惑

有人拿出一根含有海洛因的煙卷對蘇格拉底說：「咱們試試吧，聽人說，只要吸一口，就會進入一個如夢如幻的境界，那感覺美妙得沒法子形容！」

蘇格拉底堅定地搖搖頭。

「為什麼不試一試呢？就這一次。」

蘇格拉底勸道：「不，我不試，你也別試！」

「我打賭，只試這一次，領略領略那種感受，以後再不會試了！」那人發誓說。

蘇格拉底說：「如果面前有一個萬丈深淵，你會不會往下跳？」

「不會。」

「為什麼？」

「明知道會丟命，為什麼要往下跳呢？」

「海洛因就是一個萬丈深淵，你為什麼還要往下跳呢？」

「咦，你說得太玄乎了！只一次，哪有那麼厲害？」

那人執意不聽蘇格拉底的勸說，硬著脖子試了一次。一次，僅僅就只這一次，從此他就再也無法擺脫毒癮的糾纏，日子一長，終於因中毒太深而死掉了。

蘇格拉底聞訊歎息道：「事情就是如此，有些東西是不能試的——哪怕只是一次。」

最簡單的事

開學第一天，蘇格拉底對學生們說：「今天咱們只學一件最簡單也是最容易做的事兒。每人把胳膊儘量往前甩，然後再儘量往後甩。」

說著，蘇格拉底示範做了一遍：「從今天開始，每天做三百下。大家能做到嗎？」

學生們都笑了。這麼簡單的事，有誰做不到呢？

過了一個月，蘇格拉底問學生們：「每天甩手三百下，哪些同學做到了？」

有百分之九十的同學驕傲地舉起了手。

又過了一個月，蘇格拉底又問：「每天甩手三百下，哪些同學還在做？」

這回，堅持下來的只剩下百分之八十。

一年過後，蘇格拉底再一次問大家：「請告訴我，最簡單的甩手運動，還有哪幾位同學沒有中斷？」

這時，整個教室裏，只有一人舉起了手。這個學生就是柏拉圖。

蘇格拉底低下頭沉默了好一會兒，然後抬起頭來說：「世上有許多事，做起來並不難，難的是堅持啊！」

容易丟掉的鑰匙

一個年輕人老是把鑰匙弄丟。丟掉一把鑰匙就得砸掉一把鎖，很麻煩的，這使他非常煩惱。

他把這個煩惱告訴了蘇格拉底，並向他請教，怎樣才能解決這個問題。

蘇格拉底問：「你有鑰匙鏈嗎？」

年輕人回答：「有。」

「你把鑰匙都穿在鑰匙鏈上嗎？」

「不，有些鑰匙我認為很重要，就把它單獨存放著。」

「你丟掉的鑰匙是穿在鑰匙鏈上的，還是單獨存放的？」

「都是單獨存放的。」

「這就好辦了。你把所有的鑰匙都穿到鑰匙鏈上試試看。」

過了很久，蘇格拉底又遇到了那個年輕人。年輕人高興地對他說：「先生，您幫助我解決了一個令人心煩的問題。真該好好感謝您！」

「那就請你也幫我弄清一個問題吧。」蘇格拉底笑了笑說。

「您會有什麼問題弄不懂呢？」

「為什麼容易丟掉的鑰匙，不是穿在鑰匙鏈上的，而恰巧是特意單獨存放的呢？」

心境

蘇格拉底是單身漢的時候，和幾個朋友一起，住在一間只有七、八平方米的房間裏，他一天到晚總是樂呵呵的。

有人問他：「那麼多人擠在一起，連轉個身都困難，有什麼可樂的？」

蘇格拉底說：「朋友們在一塊兒，隨時都可以交換思想，交流感情，這難道不是很值得高興的事兒嗎？」

過了一段日子，朋友們一個個成了家，先後搬了出去。屋子裏只剩下了蘇格拉底一個人，每天，他仍然很快活。

那人又問：「你一個人孤孤單單，有什麼好高興的？」

蘇格拉底說：「我有很多書哇，一本書就是一個老師。和這麼多老師在一起，時時刻刻都可以向它們請教，這怎不令人高興呢！」

幾年後，蘇格拉底也成了家，搬進一座大樓裏。這座大樓有七層，他的家在底層。底層在這座樓裏是最差的，不安靜，不安全，也不衛生，上面老是往下面潑污水，丟死老鼠、破鞋子、臭襪子和亂七八糟的髒東西，那人見他還是一副喜氣洋洋的樣子，好奇地問：「你住這樣的房間，也感到高興嗎？」

「是呀！」蘇格拉底說，「你不知道住一樓有多少妙處呵！比如，進門就是家，不用爬很高的樓梯；搬東西方便，不必花很大的勁兒；朋友來訪容易，用不著一層樓一層樓地去叩問……特別讓我滿意的，是可以在空地上養一叢一叢花，種一畦一畦菜，這些樂趣呀，沒法兒說！」

過了一年，蘇格拉底把第一層的房間讓給了一位朋友，這位朋友家有一個偏癱的老人，上下樓很不方便；他搬到了樓房的最高層——第七層。每天，他仍是快快活活。

那人揶揄地問：「先生，住七層樓也有許多好處吧！」

蘇格拉底說：「是啊，好處多著哩！僅舉幾例吧：每天上下幾次，這是很好的鍛煉機會，有利於身體健康；光線好，看書寫文章不傷眼睛；沒有人在頭頂干擾，白天黑夜都非常安靜。」

後來，那人遇到柏拉圖，他問：「你的老師總是那麼快快樂樂，我卻感到，他每次所處的環境並不那麼好呀？」

柏拉圖說：「一個人心情如何，不在於環境，而在於心境。」

年輕的秘密

蘇格拉底已經很大年紀了，仍然保持著充沛的精力和年輕的心態。

有人向他討教：「怎樣才能使自己變得年輕？」

蘇格拉底坦率地說：「欣賞女人，特別是年輕漂亮的姑娘！」

那人簡直不敢相信自己的耳朵。

看見對方一臉的驚訝，蘇格拉底笑了，他問：「你喜歡欣賞藍天上飄動的白雲嗎？」

「當然喜歡。」

「你喜歡欣賞森林中開屏的孔雀嗎？」

「喜歡極了。」

「你喜欣賞美麗的山川嗎？」

「同樣喜歡。」

「你喜歡欣賞滿山開放的鮮花嗎？」

「非常喜歡。」

「你在欣賞這些美的事物的時候，心裏會產生什麼樣的感覺？」

「舒服，愜意，令人陶醉！」

「對，」蘇格拉底說，「年輕的姑娘，就和白雲、鮮花、孔雀一樣……」

摔跤的地方

蘇格拉底要趕到一個地方去講學。他的學生柏拉圖自告奮勇地要求趕著馬車送老師。

這條路真不好走，坑坑窪窪，高低不平，大大小小的鵝卵石裸露在路面上，一不小心，就會馬仰車翻。柏拉圖非常謹慎地駕馭著馬兒，靈巧地躲過一個又一個障礙和危險。

終於，他們駛出了那段險象環生的壞路，前面的路又寬闊又平坦，柏拉圖高興地打了一個響鞭，馬兒撒開四蹄向前飛奔。

風在耳邊呼嘯著，路邊的樹一棵接一棵往後倒。蘇格拉底正滿懷興致地欣賞著沿途的風景。突然，馬車騰空跳了起來，「嘩啦」一聲翻倒在地，把師生二人拋下了馬路。

幸虧馬路下面是農人新翻耕的一片土地，他倆剛好摔在鬆軟的土壤上。要不，是殘是傷還說不準呢！

抹掉滿臉的泥土，蘇格拉底爬起來回到馬路上。剛才讓馬車翻倒的，只不過是個不大不小的石塊——大概是從哪輛運石塊的車上掉下來的。

蘇格拉底一邊拍打著身上的泥土，一邊感慨地說：「摔跤的地方，未必是凸凹不平的地方啊！」

改變

蘇格拉底的一個學生對妻子很不滿意。

一天，他向老師訴苦說：「她太令人失望了，身上的壞習慣多得數不清：早上起床不疊被子，就那麼亂糟糟地堆在床上；脫下的衣服隨意亂丟，椅子上、床頭櫃上，到處都是；穿鞋子喜歡趿拉著，好好的鞋子，被她踩壞了一雙又一雙；打開櫃子老是不記得把門關好；吃了飯不喜歡洗碗；髒衣服長時間地堆在盆子裏，有的已經發臭了，也不願動手洗一洗；更讓人受不了的，是她一嘮叨起來就沒完沒了，髒話一串兒接一串兒，就像打開了污水管一樣。娶了這樣的妻子，我該怎麼辦呢？」

「你提醒過她麼？」

「提醒過一百二十回了，可羊皮是羊皮，舊靴是舊靴。」

「你勸誡過她麼？」

「勸誡過二百四十次了，她當成耳邊風。」

「你警告過她麼？」

「警告過三百六十遍了，她油鹽不進。」

「你還愛她嗎？」

「當然……」

「那就放棄改變她的打算。」

「這樣的日子往後怎麼過呢？」

「改變不了她，你就設法改變自己。」

幾年過去，蘇格拉底問這個學生：「你們的日子過得怎麼樣？」

這個學生平靜地說：「還行。」

「你妻子早上起床不疊被子，脫下的衣服隨意亂丟，你怎麼辦？」

「我只當沒有看見。」

「她穿鞋子喜歡趿拉著，好好的鞋子，被她踩壞了一雙又一雙。你不心疼？」

「踩爛了，我就再給她買一雙。」

「她打開櫃子老是不記得把門關好；吃了飯不喜歡洗碗；髒衣服長時間地堆在盆子裏，你能容忍？」

「她不關我關，她不洗我洗唄！」

「她老是一嘮叨起來就沒完沒了，髒話一串兒接一串兒，你受得住？」

「只當一陣風吹過就是了。」

蘇格拉底笑了：「夫妻過日子，其實就是如此。」

追求

美格拉底是蘇格拉底的同鄉，也是他的同學。他們都一樣喜歡讀書，一樣喜歡研究哲學。所不同的是，美格拉底一本接一本地不斷出書，蘇格拉底卻一本書也沒有出。

美格拉底不禁有些飄飄然，每次見到蘇格拉底，總是把兩眼望到天上。蘇格拉底熱情地和他打招呼，他卻用鼻子哼一聲算作回答。

蘇格拉底的學生柏拉圖對蘇格拉底說：「美格拉底已經出了幾十本書，堆起來有大半人高了。你為什麼不把你的學說寫成書呢？你的學問比他大多了啊！」

蘇格拉底說：「我們追求的不一樣。」

「都是做學問，怎麼不一樣？」

「他追求的是出了多少書，我追求的是真理。」

時間就像一把淘金的篩子。許多年以後，蘇格拉底的思想仍被人們不斷研究著，而美格拉底的書卻一本也沒有傳下來。

不合「群」

蘇格拉底居住在一群自命不凡的人中間。這些人整天酗酒、賭博、海闊天空地議論天下大事，卻非常強烈地希望蘇格拉底也加入到他們那個行列中去。他們認為，名人的參與，可以為他們增添光彩。

他們豪爽地直起脖子，把一瓶瓶酒往肚子裏面灌，拉著蘇格拉底去作陪。蘇格拉底去了一次，以後再也不去了。

他們酷愛賭博，一坐上牌桌，便廢寢忘食，通宵達旦，關起門來，不知道外面是白天還是黑夜。蘇格拉底對他們一次又一次的盛情邀請，一點兒也不動心。

他們非常關心「天下大事」，諸如哪家的夫妻吵架了，哪家的小貓丟失了，哪家的小姐穿了一件短裙子，哪家的孩子頭上長了痱子，討論起來，興致盎然，其熱心的程度，不下於對地震和海嘯的關注。他們雖然把蘇格拉底加入了他們的

QQ群，可蘇格拉底根本不理他們的茬兒。

他們是一群「超群」的人。他們希望蘇格拉底也和他們一樣「超群」。但是，蘇格拉底執迷不悟，只知道啃書本，只知道研究哲學，只知道到處講學，對酗酒、賭博、討論「天下大事」的偉大意義一點兒也不感興趣。他不懂得酗酒是聯絡感情的一種方式，不懂得賭博是一種可以增強智力的娛樂活動，不懂得討論「天下大事」是胸懷博大、關心他人的一種表現。這就使他顯得有點「不合群」。

因為「不合群」，蘇格拉底很孤獨。周圍的那些人，對他分外的看不慣。關於他的種種笑話，也格外的多。

一天，一個「超群」的人對蘇格拉底說：「你太脫離群眾了，一點兒也不隨和。參加我們的『群』，難道就貶低了你？你不就是一個只會啃書本的人嗎，清高什麼？」

蘇格拉底說：「不。我只是害怕自己變得庸俗！」

背後的議論

蘇格拉底在私下談到美格拉底的時候，總是說他聰明、勤奮、有才華。

但是，美格拉底在背後評論蘇格拉底的時候，卻把蘇格拉底貶得一錢不值。他說：「蘇格拉底根本就不能算一個思想家，更不能算一個哲學家，甚至連一個學者也算不上，完完全全是一個書呆子、空話先生、碌碌無為者。他沒出過一本書，沒寫過一篇文章，只會到處演講，信口雌黃，這不是地地道道的欺世盜名麼！」

柏拉圖聽了後非常氣憤，對蘇格拉底說：「老師呀，你老是說美格拉底的好話，你知道他說了你多少壞話嗎！依我看，咱們得當面跟他講講理！」

蘇格拉底問：「我說他的好話能把他說好嗎？」

柏拉圖說：「當然不能！」

蘇格拉底又問：「他說我的壞話，能把我說壞嗎？」

柏拉圖說：「那倒不會！」

「對那些喜歡說別人壞話的人，最好的辦法就是別理他。一個人的名聲是自己做出來的，而不是別人說出來的。咱們何必要跟他計較呢？」

膽子

一個年輕人愛好很多。雖然都不精通，但自我感覺卻出奇的好，別人不管舉辦什麼活動，他都要去摻和摻和，湊湊熱鬧。

學校舉辦晚會，他一會兒吹長笛，一會兒彈鋼琴，一會兒表演獨唱，一會兒參加合唱，好像渾身上下裝滿了音樂細胞似的。其實，他吹長笛時上氣不接下氣，比烏鴉的聒噪好不了多少；他彈的曲調雜亂無章，和木匠銼鋸的聲音倒很相像；他的獨唱，大約可以和驢子興奮時的高歌一比高下；他參加合唱，不是黃腔，就是跑調，差點沒把合唱隊攪成一鍋粥。然而，他卻自我感覺良好，認為自己各方面的表演，都出類拔萃、無可挑剔、可圈可點。

晚會結束，他興沖沖地找到蘇格拉底說：「老師，我今天的表演不錯吧！」

蘇格拉底弦外有音地說：「你什麼時候的表演都不錯。」

「聽說你年輕的時候，學過的東西不少，音樂、繪畫、擊劍、馬術，都有出色表現。為什麼不拿出來露一手？」

蘇格拉底和藹地說：「人就是這樣，年紀越小，膽子越大；年紀越大，膽子越小。年輕的時候，我覺得自己樣樣都很精通，樣樣都想逞能；等到上了年紀，才明白自己知道的東西很少，稱得上『會』的東西更少，可以拿出手來的則少之又少。不懂事時學過的那兩下子，怎麼敢在大庭廣眾炫耀呢？」

年輕人「嘿嘿」地笑了，但笑得很尷尬。

狗性

一個政府要員養了條狗，這條狗見了衣服穿得不夠體面的人，總要呲牙咧嘴地狂吠不止。蘇格拉底每次打這家門口經過的時候，總是提心吊膽，生怕被惡狗咬傷。有一次，他的腳步稍微慢了一點，惡狗一下子撲過來，死死咬住他的褲腿不放，如果不是學生及時趕來，他的腿上準會留下惡狗的牙印。因此，蘇格拉底非常憎惡和討厭狗。

後來，蘇格拉底搬了家，他的隔壁住著一個窮人，窮人家也養著一條狗。不過，這條狗從不向衣著華麗的人搖尾乞憐，也不向衣著不整的人張牙舞爪，只要是主人的朋友，不管衣服穿得體面不體面，牠都親親熱熱地搖著尾巴表示歡迎。主人家常常吃了上餐無下餐，狗也一樣饑一頓飽一頓，但是，牠忠誠地跟隨在主人身邊，多少富人想用好飯好菜把牠引誘去，都沒有成功。

在一個風雪交加的夜晚，餓扁了肚子的主人被凍僵了，好心的人們把他埋葬在冰土中。這條狗悲哀地匍匐在雪地上，把頭埋在兩爪之間，眼眶裏噙著淚水，靜靜地守候在主人的墳頭，一動也不動。人們給牠送來熱騰騰的飯菜，牠連望也不望一眼，就那麼靜靜地躺著。有人想把牠從主人的墳頭邊領走，牠執拗地臥在那裏，寸步也不挪。一天、兩天、三天……十多天過去了，大雪掩埋了墳塋，也埋葬了牠的身體，但牠還是一動也不動，直到咽下最後一口氣。

蘇格拉底被深深打動了，「世間可惡的，只是那些仗勢欺人的狗；窮人家的狗，原來是這般可敬可佩！」

名氣

蘇格拉底在國內的知名度很高，不管走到哪裡，都有人知道他的名字。

新執政官到任後，名氣更大，沒用多久，全國的大人小孩都知道了他的名字。

一天，執政官把蘇格拉底召了去，得意地對他說：「人們都說你的名氣大，可是你卻不如我啊！你出名用了幾十年，我出名才用了幾個月。現在，我的名氣已經遠遠超過你了！」

蘇格拉底說：「如果再過一百年呢？」

執政官自信地說：「那時我的名氣會更大！」

蘇格拉底笑了笑，不再爭辯。

一百年後，蘇格拉底和執政官在天堂裏見面了。

執政官有些羞澀地對蘇格拉底說：「真奇怪，我死後名氣越來越小，如今，人們連我的名字都忘記了，彷彿歷史上壓根兒就不曾有過這個人似的；而你死後名氣卻越來越大，如今世界上許多人都知道你的名字。這到底是怎麼回事呢？」

蘇格拉底說：「這很簡單。因為我的名字跟權力無關。」

珍惜

一個學生向蘇格拉底請教，世界上什麼東西最寶貴。蘇格拉底沒有直接回答，而是領著他訪問了許多人。

在醫院裏，他們訪問了一個百萬富翁。這個富翁有好幾套別墅，有好幾輛名貴馬車，還有上百個僕人和一、二十個貌若天仙的情人。但是，老天似乎與他過不去，偏偏讓他患上了不治之症。問到什麼東西最寶貴時，這個富翁說：「我現在感到最寶貴的就是健康，誰如果能夠給我一個健康的身體，我情願把所的財富都送給他。」

在鬥牛場，他們向一個鬥牛士詢問：「世間最寶貴的東西是什麼？」鬥牛士有著非常雄健的身體，渾身肌肉疙疙瘩瘩，結實的跟大犍牛一樣。但是，他最近失戀了——全城那位最漂亮的姑娘與他相戀四、五年，一個星期前卻投入了另一個鬥牛士的懷抱。鬥牛士痛苦地說：「愛情，真正的愛情，才是世上最寶貴的東西！」

他們在河邊遇到一個曬太陽的老人，年輕人向老人提出了同樣的問題。老人顫巍巍地站起來，羨慕地盯著年輕人容光煥發的臉龐說：「在我看來，世間再沒有什麼東西比青春更寶貴了。瞧，你擁有青春多麼好！可惜，青春對每個人來說只有一次，我不可能再擁有它了！」

他們一路訪問下去，擁有權力的人渴望得到友情，身陷囹圄的人渴望得到自由，精神壓抑的人渴望得到快樂，門庭若市的人渴望得到寧靜……人們的回答儘管各不相同，但有一點卻是相似的：那些最寶貴的東西，都是已經失去和即將失去的東西。

蘇格拉底說：「孩子，世界上的許多東西其實都是十分寶貴的。當我們擁有它的時候渾然不覺，而一旦失去它，便感到它的寶貴了。所以，我們應該學會珍惜，珍惜我們的擁有。」

貧窮的人

一個人身無分文，窮困潦倒，成天無所事事，東逛西遊，靠別人施捨過日子。眼看冬天來臨，天氣冷了，人們已開始穿棉衣，這漢子還穿著一身又髒又破的單衣，蜷縮在別人的屋簷下，凍得瑟瑟發抖。

蘇格拉底對他說：「看上去，你頂多不過二十歲，身體這麼結實，好像也沒什麼病，為什麼不去找點事兒幹呢？」

漢子說：「我也想幹點事兒，可是沒本錢啊！」

蘇格拉底從自己的口袋裏掏出一疊錢，塞到他手裏說：「去吧，好好幹！」

漢子千恩萬謝，拿著錢走了。

過了一些日子，那人又回到了屋簷下，身上還是那身又髒又破的衣裳，蘇格拉底給的錢，都被他花光了。

飄雪花了，天氣越來越冷，漢子緊緊地抱著雙臂，渾身篩糠一樣打著顫。蘇格拉底問他：「小夥子，你有一身力氣和一雙大手，為什麼要這樣過日子呢？」

那人上牙「咯咯」地磕著下牙，可憐巴巴地說：「有什麼法子呢，太窮了！」

蘇格拉底說：「我昨天在醫院裏遇到一個病人，他非常富有，可渾身的器官都有毛病。他想用金錢和你交換一些東西，不知道你願意不願意。」

漢子眼光黯淡地說：「我上無片瓦，下無立錐之地，有什麼東西可以和他交換呢？」

蘇格拉底說：「他想用一萬兩黃金，換你的雙眼，你樂意麼？」

漢子搖搖頭。

「他願意拿十萬兩黃金，換你的心臟，你同意麼？」

「這不是要我的命麼？不，絕不！」漢子把雙臂抱得更緊了。

「如果他用所有的財產來換你的大腦，這樣你一輩子就不用為錢發愁了，想要什麼，就有什麼，只是，你將成為一個白癡，終生躺在床上，你願意麼？」

「先生，」漢子痛苦地揪著自己的頭髮說，「假如真像你說的那樣，我要錢幹什麼呢？」

蘇格拉底脫下自己的長袍，披在漢子的身上，撫著他的肩頭說：「孩子，你缺少錢，卻擁有這麼多用金錢也買不到的東西，為什麼要自暴自棄呢？振作起來吧，好好地生活，你什麼都會有的！」

漢子驚愕地瞪大眼睛，突然把蘇格拉底的雙手緊緊攥住，使勁地搖了搖。從此，屋簷下再也見不到他的身影了。

幾年以後，有人在另一個城市見到了他。他雖然沒有能夠成為一個富翁，但他有了自己的事業，有了一個賢慧的妻子、一個可愛的孩子和一個溫暖的家。

慾望與煩惱

古希臘哲學學會主席去世了，人們都認為，最有資格繼任的，當是蘇格拉底。

人們都知道，蘇格拉底是當今最偉大的哲學大師。是他提出，哲學的目的不在於認識自然，而在於「認識你自己」，如果不能認識自己，就不是一個真正的愛智慧的人；是他提出，「美德即知識」，有知識的人才具有美德，才能治理國家；是他首先提出了歸納和定義的方法，使邏輯學翻開了新的一頁；是他最早強調知識和行為的聯繫，為倫理學增添了寶貴財富……除了他，恐怕雅典再沒有第二個人能擔當這個職位了。

然而出乎所有人的意料，新上任的哲學學會主席並不是蘇格拉底，而是不學無術、誇誇其談的西格拉底。人們紛紛為蘇格拉底抱打不平。

「這真是天大的笑話！」

「荒唐，荒唐，太荒唐了！」

「這是雅典的恥辱！」

「這是學術界的悲哀！」

……

大家猜想，蘇格拉底得知這個結果後，一定會憤怒之極苦惱之極悲觀之極。

誰知蘇格拉底卻淡淡地說：「煩惱總是跟慾望聯繫在一起的。我壓根兒就沒有得到它的慾望，哪會有失去它的煩惱呢！」

神藥

一位年輕人被失眠折磨得痛苦不堪。一連三個月，整夜整夜地難以入睡。他看過許多醫生，都不管用，最後不得不找到蘇格拉底。他相信這位智者一定會送給他一個好主意。

「你上床後，最好什麼也不要想。」蘇格拉底向他建議。

「可是我辦不到啊！一閉上眼睛，腦子裏盡是問題，就像一群蜜蜂似的，趕也趕不走。」年輕人苦惱地說。

「你不妨靜下心來，默默地數數兒，從一數到一百。這樣重複幾遍，大概就可以入睡了。」

「不行啦！我試過好多次，一直數到一億零一百一十一，還是不管用。」

蘇格拉底遺憾地攤開雙手，「那我可就沒法子了。」

「先生，您晚上睡得怎麼樣？」年輕人問。

「睡得香極了，就像一隻小貓。」蘇格拉底回答。

「您那麼愛動腦子，為什麼不失眠呢？」

蘇格拉底搔搔頭皮想了想，眼睛突然一亮：「呀，我差點忘了。有一種小藥丸，只消在睡覺前吞下一粒，就可以甜甜的入睡。我把它送給你吧！」

說完，蘇格拉底轉身走進裏屋，拿出一小盒藥丸交給了年輕人。並一再叮囑：「千萬記住，每次只能吞一粒，否則會睡不醒的！」

半年後，年輕人再次找到蘇格拉底，千恩萬謝地說：「老師您懂醫術？自從吃了您送的藥丸以後，每天都睡得跟小貓一樣。如今，即使不服藥，也可以安穩的入睡了。」

末了，他問蘇格拉底：「這丸子究竟是什麼神丹妙藥？」

蘇格拉底呵呵大笑說：「我哪懂得什麼醫術喲！我送給你的，只不過是一種極普通極普通的糖果而已。」

一奧波爾馬車

一個貴夫人在報紙上刊登廣告說，她將出售她的馬車，售價是一奧波爾（古希臘貨幣單位）。只要把一奧波爾匯到她的帳上，她馬上就把馬車交給買主。

人們看了這則廣告，誰也沒有打算去理睬。這個玩笑開得太離譜了！哪有一輛馬車只賣一奧波爾的？況且人們都知道，這位貴夫人的馬車是全城最華麗最氣派的，車上鑲有許多黃金飾物，就是拿出一百萬奧波爾，恐怕也買不到呢！

唯有蘇格拉底傻乎乎地匯去了一奧波爾。一些人知道後，都笑他財迷心竅。

沒想到貴夫人收到匯款後，果然讓僕人把馬車給蘇格拉底送來了。

世間居然真有這樣的稀罕事？

後來人們終於弄明白，原來貴夫人的丈夫患了不治之症。臨終前他在遺囑中說，將把賣這輛馬車的錢留給他的情婦。

人們後悔不迭，都說蘇格拉底交了好運。

蘇格拉底說：「其實，我們的運氣都是一樣的。不同的是，我願意試一試，而你們沒有。」

一條葉脈

蘇格拉底是古希臘公認的大學問家。但是，一個年輕人卻不以為然。一天，他見到了蘇格拉底，傲慢地說：「不知怎麼的，我總覺得先生研究的面太窄。你為什麼要把自己研究的範圍限制在哲學和道德領域裏呢？您不能把研究的面拓寬一些嗎？」

蘇格拉底謙虛地問：「你能夠告訴我，你都研究些什麼嗎？」

年輕人自負地說：「我研究的東西可多啦，比如說數學呀、天文學呀、地理學呀、歷史學呀、文學呀、經濟學呀、政治學呀……這麼告訴您吧，我研究的東西無所不包，一下子是很難說清的。」

蘇格拉底誠懇地說：「學問就像一座大森林，我年輕的時候跟你一樣，也是把整座森林都當作研究物件的。」

「後來為什麼變窄了呢？」年輕人不解地問。

「到三十歲時我發覺，自己只能研究一棵樹。」

「再後來呢？」

「到了四十歲的時候我發現，即使是研究一棵樹，我的學識也遠遠達不到，於是，我就選擇了一根樹枝。」

「一根樹枝？這個領域太小了吧！」

「等到了五十歲的時候，我發覺一根樹枝還太大。我便從中選擇了一片樹葉。」

年輕人的臉有點發紅了。他接著又問：「那麼，您現在呢？」

「現在，我只研究這片樹葉上的一條葉脈。」

年輕人忽然間領悟到什麼，他心悅誠服地向蘇格拉底鞠了一躬，低著頭匆匆地走開了。

雅典的小鳥

在雅典城裏，棲息著許多小鳥。美麗的蒼頭燕雀、聰明的白臉山雀、頭上長著冠羽的戴勝，小巧靈活的紅頸雀，還有會唱歌的柳鶯……這些鳥不僅幫助人們消滅公園和綠化帶裏的害蟲，保護樹木和花草的健康，而且用婉轉的歌聲和優美的舞姿，給人們帶來了無窮的快樂。雅典的市民都非常喜歡牠們。

一年冬天，大雪接連下了十多天，雅典的大街小巷都被白雪覆蓋了，舉目四顧，白茫茫的一片，天和地都成了一個顏色。鳥兒們從來沒有遇到過這麼久的雪天，牠們的食物斷絕了，樹下時常可以看到因饑餓而死去的小鳥。

一天，蘇格拉底捧著穀子和麵包屑來到街頭，把這些東西撒在雪地上。不一會兒，就飛來一群小鳥。也許是因為餓得太厲害，這些平常總是遠離人群的鳥兒，居然不再怕人，落在雪地上，就一口接一口地啄食起來。

人們看到這個情景，紛紛回家拿來各種各樣的食物，撒在雪地上——整個冬天都是如此。小鳥們終於熬過了嚴酷的冬季。

春風吹了，柳絲綠了，花兒開了……大地一片生機。好心的雅典市民仍舊像往日一樣，定時把家裏的食物拿出來，撒在地上餵鳥兒。這時，蘇格拉底卻總是匆匆地趕過來，一邊清掃地上的食物，一邊不停地勸阻說：「不要再餵牠們了，不要再餵牠們了。」

人們憤怒地質問：「你為什麼不讓大家餵鳥兒呢？要知道，人們是多麼疼愛這些小天使啊！」

蘇格拉底說：「愛是有尺度的。過分的愛，會讓這些鳥兒養成依賴的習慣，喪失自己覓食的能力。為了鳥兒的健康，還是讓牠們自己去尋找食物吧！」

雅典的人們到底學會了正確的愛。他們在鳥兒們可以找到食物的時候不再給鳥兒餵食；當他們把穀子和麵包屑撒在地上的時候，一定是鳥兒們遇到了無法度過的難關。

瘸蟬

一場大雨過後，孩子們摳開濕地上的小洞，把手指伸進去。蟄居在小洞中的蟬的幼蟲不知是計，張開前爪，把手指緊緊抱住。結果，便被孩子們拖出來，放進了知了籠中。

蟬的幼蟲身上裹著一層角質的鎧甲，就像一團黃泥，在籠中笨拙地爬行著。這些醜陋的小東西，是如何變成美麗的蟬的？這可真是一個謎！

蘇格拉底同孩子們商量，請他們把知了籠交給他，讓他保管一夜，答應第二天一大早就還給他們。

孩子們爽快地答應了。

於是，蘇格拉底獲得了一次機會——一次觀察蟬是如何從「醜小鴨」變成「白天鵝」的機會。

蟬蛻殼總是在夜間進行。蘇格拉底決定徹夜不眠，不讓這神秘的過程從眼底錯過。他沏了一杯釅釅的咖啡，瞪大雙眼，守候在知了籠旁邊。

這些醜陋的小東西開始沿著知了籠的柵欄，一步一步慢吞吞地往上爬行，爬到一定的位置後，便停在那裏，一動也不動，就像泥塑的一樣。

一個小時又一個小時過去，這些泥塑一樣的小東西始終一動也不動，似乎沒有一點變化。一直到天快亮的時候，蘇格拉底發現，其中有隻蟬的背部裂開了一道細細的縫兒，就像有誰在泥塑上劃了一刀。接著，其他幼蟲的背上先後都出現了細縫兒。蟲兒的身體開始顫抖，細縫開始變大，漸漸，露出了一抹象牙般的玉肌。

蟲兒痛苦地顫慄著，背部弓起就像一個駝子。這駝的背越弓越高，蟲兒的顫慄也越來越劇烈。

是刀在剝皮麼？是火在燒身麼？是劍在剔骨麼？是針在穿心麼？蘇格拉底看到這驚心動魄的一幕，心中不由跟著顫慄起來。

該幫幫這些可憐的蟲兒們了！蘇格拉底打開知了籠，非常小心地從籠中取出一隻蟲兒，以極其輕柔的動作剝開束縛蟲兒的硬殼，幫助牠抬起頭，掙出尾巴，蛻出翅膀，抽出六隻腿。這工作是這麼難做，蘇格拉底完成這套程式，足足用了二十分鐘。

蘇格拉底渾身浸透了汗水。他本來還想再幫一隻蟲兒的忙，但已經沒有這個勇氣了。

更為糟糕的是，蘇格拉底後來發現，那些憑自己的力量完成蛻變過程的蟬兒們，雖然更多地經歷了一些痛苦的煎熬，抖一抖，都展開美麗的翅膀，變成了真正的蟬；而經他幫助的那隻蟬，翅膀卻始終縮成一團，怎麼也展不開；而且牠的六條腿也是瘸的，爬動起來左搖右晃，要多難看有多難看。

第二天，孩子們看見滿籠子美麗的蟬，高興得又蹦又跳。他們實在不忍心讓這些美麗的小東西再關在籠子裏，於是打開籠門，讓牠們恢復自由。蟬兒們鳴叫著從籠中飛出，飛進了綠蔭。末了，籠中只剩下了一隻蟬，一隻縮著翅膀瘸著腿的蟬。

賽馬

井中迪窪以善養賽馬而遠近聞名，他養的三匹賽馬在本地的多次比賽中，屢屢名列前茅，從未遇過對手。

後來，蘇格拉底帶著他的三匹賽馬找上門來，要和井中迪窪一比高低。井中迪窪不假思索地說：「願意奉陪！」

一位朋友擔心地說：「聽說蘇格拉底的三匹賽馬非常了得，你有把握取勝嗎？」

井中迪窪胸有成竹：「嘿，你一百個放心，我早就想好對策了！」

朋友說：「能否說給我聽聽？」

井中迪窪說：「中國有個孫臏賽馬的故事，你沒讀過嗎？如果與他硬拚，勝負的確沒有把握。但是，如果採用孫子兵法，拿我最差的馬和他最好的馬比賽，再用最好的馬與他稍次的馬比賽，最後，再用我稍次的馬與他最差的馬比賽，不就穩操勝券了麼！」

朋友聽了他的話，不由佩服地點了點頭。

第二天，井中迪窪果然採用了這個戰術，但是非常遺憾，他不但沒有能夠如願以償，而且輸得很慘。三輪比賽，三比零。

井中迪窪和他的朋友都弄不明白，為什麼用同樣一個戰術，孫臏百戰百勝，而井中迪窪卻屢戰屢敗？

井中迪窪的朋友去請教蘇格拉底。蘇格拉底說：「如果用三隻烏龜去和三隻兔子比賽，採用孫臏的辦法有用嗎？」

井中迪窪的朋友說：「那當然沒有用。」

蘇格拉底說：「我的三匹馬是三隻兔子，而他的三匹馬，不過是三隻烏龜。」

成功的秘訣

年輕時，蘇格拉底有幾個很要好的朋友，他們一樣風華正茂，一樣才思敏捷，一樣喜歡讀書，一樣胸懷抱負。樹陰下，小河邊，常常可以看到他們相互切磋的身影。大家相約，將來一定要成為有學問的人。

後來，朋友們分開了，好多年再也沒有見過面，直到蘇格拉底五十歲那年，大家才又相聚在一起。

朋友們都是來為蘇格拉底祝壽的，同時，也慶賀他成為希臘最有名望的大學者。幾十年彈指一瞬間，談到年輕時的抱負，幾位朋友都面有赧色。

蘇格拉底問一位同學：「當年，你在倫理學研究上很有成就啊，怎麼捨得把它放棄了呢？」

那位同學不好意思地說：「我覺得做學問太枯燥、太清苦了，而經商能夠賺錢，還可以走南闖北，就去經商了。」

蘇格拉底又問另一位同學：「我們當年曾有約定啊，後來你怎麼改行了呢？」

這位同學回答：「有一次我在路邊，看到當官的騎著高頭大馬，威風凜凜，非常羨慕。而這時剛巧我的一個親戚正當大官，我就在他手下做了個小官。」

蘇格拉底扭頭問那位一直坐在黑暗角落的同學：「你呢，你怎麼也改行了呢？」

那位同學抱著頭低聲說：「別提啦，我想的太多啦，做的太多啦，辦工廠、辦農場、做生意、炒股票，但都失敗了，如今，只好在街上擺個小攤。」

這位同學的話，讓大家都唏噓不已。還是那位當了官的同學打破了沉悶：「蘇格拉底老兄，當年我們都想成為有學問的人。到如今，真正成為有學問人的，只有你一個。你能夠告訴我們你的秘訣嗎？」

蘇格拉底老老實實地回答：「堅持。」

那個已成為商人的同學追問：「除了『堅持』呢？」

蘇格拉底回答：「還是『堅持』。」

那個至今還在擺地攤的朋友尋根究底：「除了『堅持』、『再堅持』之外，還有什麼秘訣嗎？」

蘇格拉底回答：「無非是『堅持』。」

虎不結幫

雅典城裏精英薈萃。有學問的人多了，就難免會出現見解的不同甚至對立。你不服我，我不服你，相互爭論，相互論辯，成了家常便飯。持不同觀點的人絞盡腦汁擴充自己的隊伍，擴大自己的影響，大有不占上風絕不甘休之勢。

有段時間，雅典城內陡然刮起了一股拉幫結派之風。美格拉底邀集一批人成立了「猴屁股沙龍」，自詡為「猴屁派」；英格拉底網羅一幫人成立了「貓眼睛協會」，自稱是「貓眼派」；法格拉底糾集一些人成立了「跳蚤心臟研究會」，自封為「蚤心派」；歐格拉底召集一些人成立了「毛毛蟲腿探索中心」，豎的旗幟是「蟲腿派」……

這些研究會、協會和沙龍成立後，昨天舉辦研討會，今天開展辯論會，明天召開演講會，後天又舉行新聞發佈會……你方唱罷，我又登場，一時間，雅典城裏百家爭鳴，煞是熱鬧。

唯有蘇格拉底什麼學派也不成立，什麼組織也不參加，獨自待在家裏做自己的事。

柏拉圖沉不住氣了，邀幾個同學推開了老師的門。

蘇格拉底正伏案寫著什麼，他的周圍堆滿了書。這些書中，夾了許多小紙條，就像晚秋樹枝上的一片片枯葉。

柏拉圖著急地對蘇格拉底說：「老師，雅典城最近成立了許多學會、協會和沙龍，出現了很多學派，您聽說了嗎？」

蘇格拉底搖搖頭，眼光盯在一本書上。

柏拉圖像報菜譜一樣把各學會、協會、沙龍、流派給蘇格拉底報了一遍，然後說：「老師，雅典城裏，數你的學問最大；希臘全國，數你的名聲最高。那些上不了臺面的所謂學者，都扯出旗幟，成立了這派那派，您為什麼穩坐不動呢？要知道，最有資格成立學派的，應該是蘇格拉底學派啊！」

蘇格拉底更加堅定地搖了搖頭。

柏拉圖不解地問：「為什麼呢？」

蘇格拉底一字一句地說：「狼才需要成群結黨，虎不需要。」
說罷，他又把頭埋進了書本。

辨識謬誤

謬誤和真理是一對雙胞胎，但兩人的秉性卻相差很遠。儘管真理不樂意跟謬誤在一塊，謬誤卻總是像塊牛皮膠死纏著他，讓他甩也甩不掉。

由於他倆是雙胞胎，再加上謬誤經常刻意模仿真理的舉動，並用真理的外表修飾自己，所以，許多人都受了謬誤的蒙蔽，常常把謬誤誤認成真理，而把真理誤認為謬誤。

一天，謬誤對真理說：「人們都說蘇格拉底是智者，他能區分我倆嗎？」真理堅信不疑地說：「這是一定的。」

果然，蘇格拉底一見到他倆，很快就指著其中的一個說：「你是謬誤。」

謬誤感到很驚訝：「先生，你是憑什麼做出這個判斷的呢？」

蘇格拉底說：「真理是樸實的，你打扮得太華麗了。」

謬誤不服氣，說：「你不能僅從外表來做出決斷啦！因為，按照哲學的觀點來看，外表和本質是有差異的，外表不等於本質，本質也不等於外表。單憑外表來給一個人下判斷，會把事情搞顛倒的！譬如說，烏鴉的羽毛是黑色的，你能說牠的心也是黑的嗎？譬如說，公雞總是擺出一副不可一世的樣子，你能說牠比雄鷹還勇敢嗎？譬如說，蝙蝠也長著兩隻翅膀，你能說牠就是鳥嗎？再譬如說……」

蘇格拉底打斷他的話，淡淡地說：「真理是簡潔的，你卻喋喋不休，誇誇其談。」

謬誤還是不服氣，他認真抻了抻自己的衣服，「呵呵」地清了清嗓子，擺好架子，準備繼續與蘇格拉底辯論下去。

蘇格拉底靜靜地望著他說：「真理是真誠的，你卻太多的矯飾和做作。」

謬誤的臉漲得通紅，有點兒氣急敗壞了：「你你你……」

蘇格拉底澹定地說：「真理是平實的，而你太誇張！」

謬誤見自己的偽裝一層層被剝去，又惱又羞，不知所措。

蘇格拉底最後說：「告訴你吧，有些人誤把你當成真理，那是因為他們不認識真理的緣故；而我早就認識他了，你怎麼騙得了我呢！」

謬誤恍然大悟，從此，他總是遠離那些認識真理的人。

有錢人

一個富翁有億萬資產，平時花錢跟流水一樣。他每天珍饈美酒，暴飲暴食，一擲千金。

蘇格拉底提醒他：「你要注意節食啊！」

他拍拍口袋：「我有的是錢！」

由於吃得太好，營養過剩，他的身體肥胖得跟氣球一樣，一坐下來，腰部就像戴了個救生圈，於是，他又拚命吃進口的減肥藥，花鉅資到醫院抽脂肪。

蘇格拉底規勸他：「你應該加強鍛煉，不能把錢花在醫院裏！」

他拍拍口袋：「我有的是錢！」

年齡沒到半百，富翁就患上了高血壓、糖尿病、脂肪肝，但他照樣大吃大喝，揮金如土。實在肥得不行了，又花錢到醫院抽脂肪。

蘇格拉底警告他：「你這種生活方式要趕緊改變，否則會壞大事的！」

他拍拍口袋：「我有的是錢！」

終於有一天，富翁腦溢血倒了下去，命如遊絲，僅剩一息。

蘇格拉底得知後，歎息道：「有錢，並不能買到一切啊！」

影子

清晨，初升的太陽把蘇格拉底的影子拉得很長很長。

有人指著影子對他說：「瞧，你是多麼高大啊！難道你不為此感到驕傲？」

蘇格拉底微微一笑：「不，那不是真實的我。」

中午，爬上頭頂的太陽把蘇格拉底的影子變成了一個侏儒。

那人又指著影子對他說：「唉，看看，你一下變得這麼渺小了，難道你不為此感到悲傷？」

蘇格拉底仍是淡淡地一笑：「不，那也不是真實的我。」

那人有點尷尬了，想了想又問：「高的影子你不喜歡，矮的影子你也不喜歡，那麼，你究竟希望有一個什麼樣的影子呢？」

蘇格拉底回答：「尊敬的先生，有一個什麼樣的影子，對我來說都不重要。我所關心的，是做一個什麼樣的人。」

不湊熱鬧

雅典城的行政長官逝世了，人們力薦蘇格拉底繼任。但遭到蘇格拉底的堅決拒絕。

他的朋友前去勸他，說：「你為什麼不就任這個職務呢？難道你認為你的能力不夠嗎？」

蘇格拉底笑笑說：「不是。」

「你是不是覺得你的威信差了些？」

「不是。」

「或者，你對擔任這個職務沒有信心？」

「也不是。」

「那麼，你究竟為什麼不願走上這個崗位呢？」

蘇格拉底說：「在這個世界上，喜歡當官並且可以當官的人，實在太多了，少一個我，不會嫌少；而喜歡研究學問並且能夠研究學問的人，卻太少了，多一個我，也不會嫌多。我為什麼要放棄非常需要我的崗位，而到一個並不怎麼需要我的職位上去湊熱鬧呢？」

落水

一次，蘇格拉底蹚水過河，一不小心，跌入一個深坑裏。他不會游泳，只好一邊在水中拚命掙扎，一邊大喊「救命！」

這時，一個人正在河邊釣魚，他聽到呼救聲不僅沒有伸出援助之手，反而收起魚竿，起身就走。

多虧蘇格拉底的學生及時趕到，才救了他一條命。人們七手八腳地幫蘇格拉底換掉濕衣服，異口同聲地譴責那個見死不救的釣魚人道德太低下。

過了不久，那個釣魚人蹚水過河，一不小心，也跌入深坑裏。這人同樣不會游泳，只好一邊拚命掙扎，一邊大呼「救命！」

這天，蘇格拉底恰巧和他的學生在河邊散步，聽到呼救聲就飛步跑了過去，用一根長長的竹竿把那人救了上來。

等看清落水人的面孔，蘇格拉底的學生都後悔了，說如果知道落水的他，無論如何也不會救他！

蘇格拉底為落水人換掉濕衣服，平靜地說：「不，救他，正是我們和他的區別。」

開學第一課

開學了。學生們迫不及待地想知道蘇格拉底的第一課會講些什麼。結果卻完全出乎他們的意料。

一進教室，蘇格拉底就說：「同學們好！今天天空有太陽，是個晴天。是晴天就不是陰天，也不是雨天。因為陰天和雨天都是不出太陽的……」

這不是廢話嗎？學生們耐心地等著下文。

「我還發現，」蘇格拉底興致勃勃地接著講，「今天坐在教室裏的同學，都有兩隻眼睛，一個鼻子，一個嘴巴和兩個耳朵。而且，鼻子是長在嘴巴上面的，眼睛又長在鼻子上面，耳朵長在腦袋的兩側，左邊一個，右邊一個。」

學生們如墜五里雲霧，有人開始打呵欠。

「我還發現，」蘇格拉底繼續滔滔不絕，「同學們都是男的。既然是男的，當然就不是女的。大家都知道，上帝創造了第一個男人亞當，又取出亞當的一根肋骨創造了夏娃。」

接下來，他就大講亞當夏娃如何沒有經受住毒蛇的引誘，如何吃了讓人聰明的蘋果，如何知道了愛和愛情，如何被上帝趕出了伊甸園……這些故事，學生們從小就聽爺爺奶奶講過幾百遍了，可蘇格拉底講起來，還是那樣不厭其煩，拖腔拉調，一板一眼，抑揚頓挫，一點也不顧及學生們的情緒。

有個同學終於忍受不住了，舉手要求發言。

蘇格拉底笑瞇瞇地說：「請講吧。」

那位學生直率地說：「老師，你是很有學問的人，怎麼今天淨講些沒有用的話呢？」

蘇格拉底問：「難道我的話有什麼不正確的地方嗎？」

那位學生說：「你講的句句都正確，但都是正確的廢話！」

蘇格拉底哈哈一笑說：「這就對了。我今天講這一課的目的，就是要讓同學們明白，廢話是多麼的目面可憎，令人討厭。孩子們，第一課到此結束。主題思想：一輩子不要說廢話，哪怕它是正確的廢話！」

原因很簡單

蘇格拉底的鄰居是一個大富豪。

這個富豪的財產到底有多少，連他自己也說不清。居住，好幾處豪宅輪流著用；出門，好幾輛豪華的車子輪流著坐；身邊，好幾個美女輪流著陪；身上，高檔衣服穿一次就扔掉從來不洗；手指上，戴的不是金箍子而是金筒子；美女的脖子上，金項鏈不是一兩條而是一大把……人們形容說，只要這個富豪打一個噴嚏，整個雅典城馬上就會跟著患感冒。但是，這個富豪卻總是不快活，整天都為如何賺更多的錢而犯愁。

蘇格拉底的家裏很清貧。兩間房子，是祖上傳下來的，已經破舊；一日三餐，都是少油缺鹽的粗茶淡飯；身上的衣服，扔到大街上不一定有人撿；家中最值錢的東西，大概就是兩個大書櫃裏已經翻破了的書……但是，他每天都是樂呵呵的，很少看到愁模樣。

他的學生柏拉圖問他：「我有點不明白，你的鄰居那麼富有，每天總是犯愁；你是這麼的清貧，卻總是很快樂，這到底是什麼原因呢？」

蘇格拉底回答說：「原因很簡單，他是金錢的奴隸，我是金錢的主人。」

一雙鞋

蘇格拉底的名字在雅典城如雷貫耳，無人不知。

一次，他腳上的鞋子因為穿得太久，鞋底和鞋幫分了家，不能再穿下去了，於是，就請一個學生到街上替他買一雙。過了一會兒，這個學生拿著一雙新鞋喜滋滋地回來了。

蘇格拉底問他多少錢。

學生回答說：「他要二十二奧波爾，我討了半天價他也不肯讓一分。」

蘇格拉底掏出二十二奧波爾，準備給那個學生。

「但是，後來我靈機一動，說，你知道我是給誰買的嗎？那個人問是誰，我說出了您的名字，他立即降了兩奧波爾。所以，這雙鞋只花了二十奧波爾。」說完，學生得意地咧開嘴笑了。

蘇格拉底一聽，立即著急起來：「快，快，快領我去見那個賣鞋人！」

說完，硬是讓學生領著他找到那個賣鞋人，然後從懷裏掏出兩奧波爾，塞到了賣鞋人的手中。

「老師真怪，省兩奧波爾有什麼不好呢？」這個學生挺納悶，他把這個想法告訴了蘇格拉底的得意門生柏拉圖。

柏拉圖一聽，說：「你呀，真蠢！難道老師的名聲就只值兩奧波爾嗎？」

這就是原因

蘇格拉底的兩個學生一同到商行當職員。兩年後，其中的一個回來見老師，忿忿不平地發牢騷說：「我和師兄同時進一個商行幹事，如今，他從職員升到副總管的位子，可我還是個小職員。您是知道的，他並不比我聰明，我並不比他笨啊！太氣人了，真是太氣人了！」

蘇格拉底拍拍他的肩膀說：「氣大傷身。消消氣，消消氣！我正準備給學生們買點水果呢，你替我到街上看看，看有沒有賣的。」

這個學生出去了，過了一會兒回來說：「有。」

蘇格拉底問：「是什麼水果？」

學生不好意思地摸了一下脖子，飛快地跑出去，又飛快地跑回來，說：「蘋果、梨子。」

蘇格拉底又問：「蘋果多少錢一斤？梨子多少錢一斤？」

學生一伸舌頭，再次跑出去，回來說：「蘋果一奧波爾二十個，梨子一奧波爾十五個。」

蘇格拉底又問：「多買可以打折嗎？」

這個學生開始感到不耐煩了，心裏說：「真囉嗦！為什麼不一次問完？」但礙著老師的面子，還是不情願地出去了。

待他問明情況回來時，恰巧那個當上副總管的學生也回來看老師，蘇格拉底吩咐他說：「我正準備給學生們買點水果呢，你替我到街上看看吧！」

過了一會兒，這個學生拿著一個蘋果和一個梨子回來了，說：「老師，街上賣的有兩種水果，一種是蘋果，一奧波爾二十個；一種是梨子，一奧波爾十五個。蘋果產自雅典城北面的蘋果谷，梨子產自雅典城南面的梨子坡。這兩種水果多買都可以打折。瞧，我給你帶回來兩個樣品，你看是兩種都買呢，還是只買一種？」

蘇格拉底把那個愛發牢騷的學生叫到身邊，在他耳邊輕輕地說：「你明白了嗎？」

這個學生硬著脖子說：「不明白！」

蘇格拉底苦笑了一下，說：「這就是原因。」

開張的日子

雅典城裏一家酒店開張營業，為了招攬顧客，在門口扯起一幅醒目的大標語：「為慶賀本店開張之喜，蘇格拉底先生將光臨本店」。

這一招果然有效。為了一睹蘇格拉底的風采，人們紛紛前來，把酒店圍得水泄不通。

但是，大家等啊等啊，一直等到太陽當頂，卻連蘇格拉底的影子也沒有見到。人群開始騷動，紛紛向酒店老闆提出質詢：「蘇格拉底先生在哪裡？」「蘇格拉底先生為什麼還不露面？」

這時，酒店老闆笑吟吟地把一個年輕人推出來說：「瞧，蘇格拉底先生來了！」

人們憤怒了，斥責聲響成一片：

「他不是蘇格拉底！」
「蘇格拉底是個老人，他是個青年！」
「蘇格拉底頭髮很少，他頭髮很多！」
「蘇格拉底是個扁鼻子，他是尖鼻子！」
「騙子！騙子！」
「無恥！無恥！」
……
酒店老闆不慌不忙地取出一個身份證來，搖晃著說：「女士們，先生們，這位年輕人的確也叫蘇格拉底，他是我的表弟，聽說本店開張，特地趕來祝賀。瞧，這就是證據！」
受騙的人們一哄而散，酒店老闆的胖臉上露出了得意的笑容。
事後，有人把這事告訴蘇格拉底，說：「這傢伙太賊了，真會出鬼點子！」
蘇格拉底說：「我看他愚蠢透頂！」
「可他已達到了招攬顧客的目的啊！」
「但是，他卻丟掉了商家最該擁有的東西——誠信。這個損失太大了！不信，你就瞧著。」

果然不久，這家酒店就倒閉了。

朋友

蘇格拉底成名以後，美格蘇對他總是讚不絕口，常常當著許多人的面誇獎他：「蘇格拉底先生是當代最偉大的思想家！全希臘的學者，沒有一個人能比得上他！」

「蘇格拉底先生懂得哲學、社會學、倫理學、政治學、經濟學……真可謂全才呀！」

「像蘇格拉底先生這樣的天才，世界幾百年、希臘幾千年才能出現一個，有蘇格拉底這樣的大學問家，是希臘的福分！」

……

但是，蘇格拉底對他卻十分冷淡。每當美格蘇誇獎他的時候，他的臉上總會露出不快的神色，轉身走開。

柏拉圖悄悄地問蘇格拉底：「老師，美格蘇對你如此崇拜，為什麼你對他總是很冷淡呢！」

蘇格拉底問：「一個人如果當面說你的好話，這人就一定是真正對你好的人嗎？」

柏拉圖想了想，說，「這倒不一定。」

「一個人如果在背後說你的好話呢？」

「這才是真朋友！」

「你聽到美格蘇在背後稱讚過我嗎？」

「好像沒有。」

蘇格拉底微微一笑，不再說什麼。

果然，許多年以後，出賣蘇格拉底的人中，有一個就是美格蘇。

彎絲瓜

蘇格拉底到街上去買絲瓜，但是，他走了半條街，發現攤子前的絲瓜都是彎的，他想買幾條直的，可是到哪兒都買不到。

彎絲瓜不光不好看，刮起來還費時間。蘇格拉底不無遺憾地問一個賣絲瓜的人：「這些絲瓜怎麼都是彎的呢？」

賣絲瓜的人說：「你這個問題問得好奇怪，絲瓜它要彎著長，我有什麼辦法？」

蘇格拉底說：「彎絲瓜既不好看，刮起來又費時間。你如果能想想辦法，讓絲瓜都長得直直的，保證你的絲瓜賣得又快，價錢又高。」

賣絲瓜的人摸了摸自己的脖子，說：「你這個想法也有道理，但是，千百年來，絲瓜就是這樣彎著長的，有什麼辦法能讓它變直呢？」

蘇格拉底說：「請把你住的地方告訴我。來年你如果還種絲瓜，咱們一起想想辦法如何？」

賣絲瓜的人將信將疑地答應了。

第二年，到了結絲瓜的季節，蘇格拉底果然來到那個菜農的家裏。他和菜農一同來到絲瓜架下，給每根小絲瓜的下面都掛上一個小石塊。有小石塊在下面墜著，等到絲瓜上市時，每根都長得又長又直。把這些漂亮的絲瓜拿到集市上，果然賣得又快、價錢又高。

這個菜農感動極了，一再對蘇格拉底表示感謝：「先生，你太高明了！我們世世代代都種絲瓜，怎麼就沒有想出來這個辦法呢？」

蘇格拉底笑笑說：「其實，事情就這麼簡單。許多問題長期存在著，不是無法子解決，而是人們司空見慣，沒有想去解決罷了。」

識人

東格拉底的一篇論文發表了，柏拉圖看後對蘇格拉底說：「這人文章寫得不錯，但為人不怎麼樣？」

蘇格拉底問：「這話怎麼說？」

柏拉圖說：「他老是挑剔你的學說，並且不喜歡你的扁鼻子。」

蘇格拉底笑了笑，緩緩地說：「可我倒覺得，他這人很不錯。」

柏拉圖問：「你怎麼會這樣認為呢？」

蘇格拉底說：「他對他的母親非常孝順，每天都照顧得非常周到；他對老師十分尊敬，從來沒有對老師不恭的行為；他對朋友很真誠，常常當面指出對方的弱點；他對孩子很喜歡，經常和他們在一起玩遊戲；他對窮人很同情，有一次，我親眼看見他搜出身上最後一個奧波爾，丟進了乞丐的破帽子裏……」

「但是，他對你卻不那麼尊敬啊！」柏拉圖說。

「孩子，問題就在這裏，」蘇格拉底站起身來，慈愛地撫摸著柏拉圖的肩頭，說，「一個人如果站在自己的立場上來看待別人，常常會把人看錯。所以，我看人，從來不看他對我如何，而看他對待別人如何。」

仇恨者名單

蘇格拉底就像一輪光芒四射的太陽，令同時代的學者黯然失色。

一天，他的幾個學生聚集在一起，偷偷地議論說，老師的學問如此之深，名氣如此之大，和他生在同一時代，真是個悲劇。說著說著，一個個都唉聲歎氣，滿面愁容。

一個學生悲觀地說：「月亮太明，星星就不亮了。老師就是一輪明月，我們都是一顆顆光亮微弱的小星星。」

另一個學生長歎一聲說：「老師的身體如此健康，什麼時候才是我們的出頭之日呢？」

另一個學生牙齒咬得咯咯響，眼睛裏露出了野獸般的凶光：「我們要想出頭，除非……」他用手掌做了一個砍的動作。

他的這個想法，真把大家都嚇壞了。可是，狠下心來想一想，似乎也只有這一個法子。於是，幾個急於出名的弟子，就這麼密謀定下了一個讓老師早一點「安息」的計畫。他們還簽定了一個秘密協定，每人都在協定上簽了名，並且推選出一個最有心計、最有力氣的人，由他來充當協定的保存者和計畫的實施者。

在一個月黑風高的夜晚，這個肩負重任的學生懷揣利刃，偷偷潛入蘇格拉底的臥室。他剛要動手，這時，他的心臟突然刀絞般劇痛起來，一下子栽倒在地上。痛苦的呻吟聲把蘇格拉底從夢中驚醒，老人跌跌撞撞地從醫院請來醫生，使學生脫離了危險。

第二天，學生醒來了，睜開眼一看，他居然躺在老師溫暖的懷抱裏，而老師卻疲倦地睡著了。

他翻身跳起來，撲通一聲跪倒在老師的面前，悔恨的淚水滿面流淌。

蘇格拉底把他攙扶起來，為他拭去臉上的淚水，慈祥地問：「孩子，你為什麼要這樣呢？」

學生把一切都告訴了老師，並把那份秘密協定從懷裏掏出來，交給了蘇格拉底。

蘇格拉底接過那份協定，看也沒看，就把它放在燈上點燃燒毀了。

學生驚愕地問：「難道你不想瞭解那些仇恨你的人嗎？」

蘇格拉底說：「我不想仇恨別人，何必要知道誰仇恨我呢？」

眼蟲藻的身份

植物學家和動物學家們為眼蟲藻的身份發生了一場曠日持久的爭論。

其實，這小東西長得非常不起眼：身長不過六十微米，在顯微鏡下才能看清牠的模樣；綠色的軀體兩頭尖，中間粗，就像一個織布的梭子；在身體的一端長有一個鮮紅的斑點，可以感光，就像一隻眼睛。也就是因為有了這個斑點，牠得了一個「眼蟲藻」的名字。

但是，牠又長得很特別。

植物學家說，這小東西的體內含有許多葉綠體和葉綠素，能夠像植物一樣進行光合作用，把二氧化碳和水變成糖類，這種吸收營養的方式是典型的「光合營養」。牠應該屬於植物中的「單胞藻」。

動物學家說，眼蟲藻可以通過身體表面吸收溶解在水中的有機物，作為自己的營養，這是典型的「滲透營養」。牠理應屬於動物。

植物學家堅持說，牠是「藻」，應該屬於植物。

動物學家堅持說，牠是「蟲」，應該屬於動物。

雙方爭持不下，都表示願意用實驗來證明。

動物學家把牠放到一個黑暗的屋子裏，容器裏放進充足的有機物質。過了一段時間，眼蟲藻漸漸褪去了綠色，完全用身體的表面吸收水中的有機物質，靠「滲透營養」來過日子。動物學家說：「怎麼樣？牠應該屬於動物吧！」

植物學家微微一笑，把容器轉移到陽光下，眼蟲藻的身體又慢慢地恢復了綠色，通過光合作用來吸取營養，用「光合營養」來維持生命了。植物學家說：「怎麼樣？牠還是應該屬於植物吧！」

雙方爭執不下，一起去找蘇格拉底。蘇格拉底說，眼蟲藻是「蟲」，也是「藻」。牠的存在，恰巧證明了物質的統一性。動植物之間，本來就沒有一條不可逾越的鴻溝。

兩位科學家相視一笑。植物學家仍舊堅持把眼蟲藻歸入植物學的「眼蟲藻門」的「眼蟲藻科」；動物學家也堅持把牠歸入動物學的「原生動物門」的「鞭毛網」。

實在沒辦法，他們決定去徵求「眼蟲藻」自己的意見。蘇格拉底勸阻說：「算了吧，你們還是別用這個問題去為難眼蟲藻。如果硬要把牠歸入哪一類，牠也許就沒辦法生活了！」

烈馬

蘇格拉底的老婆雖然年輕漂亮，卻是有名的「河東獅子」，脾氣壞得嚇人。

一天，蘇格拉底正在看書，她卻怒氣沖天地嚷開了：「成天抱著書看，能看飽肚子？能看出金子？能看出寶貝？……」

蘇格拉底知道，自己如果繼續待在家裏，這書是一定看不下去了，於是，就拿著書本往外走。

「你走吧！你走吧！死到外頭別回來！」隨著一聲咆哮，一盆涼水兜頭向他潑來。

蘇格拉底頓時成了一隻落湯雞。但他沒有生氣，只是抖了抖衣衫，喃喃地說：「雷聲過後，必定有一場大雨。」

有人揶揄：「蘇格拉底先生，人們都說『一個成功的男人背後，一定有一個堪稱賢內助的女人』，你也是嗎？」

蘇格拉底點點頭：「也是。」

那人說：「你的內助是怎樣幫助你的呢？」

蘇格拉底說：「幫助可大啦！因為她太厲害，我才能夠集中精力讀更多的書，不至於把心思分散在她身上。」

「可是，就跟剛才一樣，你常常連家裏都待不住啊！」那人提出質疑。

「這樣好哇！家裏待不住，就有更多的時間出去走走，和朋友探討學問，與對手辯論問題。我的知識，就是在探討和爭論中增長的。」蘇格拉底回答。

「我真不明白，她的脾氣那麼壞，火氣那麼大，你怎麼受得了呢？」那人又問。

蘇格拉底笑了笑，忽然轉換話題，問：「你騎過馬嗎？」

「騎過。」

「你騎過烈馬嗎？」

「騎過，被摔下來了。」那人有些不好意思。

「是不是能騎烈馬的人，就可以騎任何馬？」

那人搞不清蘇格拉底的葫蘆裏到底裝的什麼藥，但他還是肯定地點了點頭。

蘇格拉底拍拍那人的肩頭說：「如果我能忍受自己的老婆，也就能忍受任何人了！」

「我真服你了，」那人終於恍然大悟，「哲人大概就是這樣產生的。」

企鵝村

在澳大利亞海岸邊的一個漁村裏，生活著一群漁民。他們長年累月辛辛苦苦地出沒在風浪裏，但捕的魚卻越來越少，日子過得很艱難。

也許是因為這裏剛好是海岸突出的一個尖角，無數企鵝總是在傍晚時分來到這裏棲息。大小企鵝們叫叫嚷嚷，搖搖擺擺，憨態可掬，給漁民苦澀的生活帶來不盡的歡樂。

一天，有個漁民出海回來，兩手空空，回家時隨手抓了一隻企鵝，殺死做成一鍋湯，沒料到這湯的味道出奇的鮮。後來，他捕不到魚的時候，就抓一隻企鵝回去。他的這個做法很快被其他漁民效仿。

又過了些日子，有人發現企鵝不僅可以充饑，而且還可以賣錢。城裏專門開了好幾家企鵝宴餐館，生意十分紅火。漁民們乾脆不出海打魚了，轉而以捕捉企鵝為生。這個門路比捕魚賺錢，而且沒有什麼風險。

這麼一來，島上的企鵝可就倒大霉了。人們用棍打，用網捕，每天，都有成百上千的企鵝殘遭毒手。

日子一長，來這裏的企鵝越來越少，牠們寧可繞很遠的路，到安全的地方過夜，也不願就近來到這個漁村。於是，漁民們的生計又成了問題。

有一年，蘇格拉底來這裏旅遊，漁民們聽說他是智者，就向他求教，今後的日子該怎麼過。蘇格拉底仔細聽取了漁民們的回顧和敘述，建議說，從今以後，你們不要再捕殺企鵝了，而且還要在岸邊的草叢中，為企鵝搭建一些舒適的小窩；在企鵝返巢的路途上，安裝一盞盞不太明亮的小燈。

漁民們按蘇格拉底的說法做了，企鵝們慢慢又回來了。幾年後，來這裏安家的企鵝多達幾萬隻。每到傍晚時分，大大小小的企鵝隨著海浪一群接一群地湧上岩石，扶老攜幼，呼兒喚女，排成長長的隊伍，搖搖擺擺地往窩裏走，場面十分壯觀。

「企鵝返巢」，成了一種奇觀。慕名前來觀看的遊客每天都有上萬人，這個漁村成了聞名世界的「企鵝村」。漁民們靠旅遊產業富起來了。

總是有好奇的客人們問當地漁民：「你們是如何把漁村變成旅遊勝地的。」

這時候，漁民都會回答：「我們只不過聽取了蘇格拉底的建議，把企鵝當成自己朋友而已。」

一片紙

學生告訴蘇格拉底，雅典附近有兩座小城，一座乾乾淨淨，清清爽爽，一片紙也見不到，人們叫它潔城；另一座則污水橫流，髒亂不堪，老遠就可聞到一股難聞的氣味，人們叫它髒城。

同在雅典附近，兩城相距不遠，為什麼竟有如此大的差異？蘇格拉底決定到兩座城裏去看看。

他先來到潔城，那裏果然一塵不染。蘇格拉底故意把一片紙丟在地上。隨即就有人走了過來，把那片紙撿起來，丟進垃圾筒裏。

蘇格拉底走上前，向那人鞠了一躬，說：「請教您一下，保持城市的清潔衛生，這是清潔工的事，你為什麼要撿那片紙呢？再說，城市這麼大，街道這麼多，你即使撿起一片紙，又能起多大作用呢？」

那人上上下下把蘇格拉底打量了一番，彬彬有禮地說：「先生，你大概是從外地來的吧？在我們這座城裏，人們只要發現地上有垃圾，都會這樣做的。這只是件彎彎腰的事，並不需要費什麼力氣，何樂而不為呢？」

「謝謝您，謝謝您。」蘇格拉底又向那人鞠了一躬，轉身離去。

他隨後來到了髒城，又故意把一片紙丟在大街上。不一會兒，在他丟紙的地方，堆起了一個小小的垃圾堆。

當一個小姑娘把一把果皮往小垃圾堆上扔的時候，蘇格拉底攔住了她，問：「小姑娘，你為什麼把果皮往大街上丟呢？」

小姑娘上上下下把他打量了一番，驚詫地說：「你大概是外地人吧！在我們這座城裏，從來沒有人提這種愚蠢的問題。你想想，這裏已經有那麼多髒東西，我丟點果皮打什麼緊？」

眼看著那個衣著時髦的小姑娘扭腰擺臀地走了，蘇格拉底感慨萬千地說：「風氣，對一座城市來說是多麼重要啊！」

路上的「黃金」

蘇格拉底有個學生，走路的時候，總愛把頭昂得高高的，兩眼望著天空，擺出一副不可一世的樣子。人們見了他，都躲得遠遠的，他還感到洋洋得意。

有一天，他突然找到蘇格拉底說：「聽說柏拉圖在路上撿到一塊黃金，這是真的嗎？」

蘇格拉底點點頭說：「是真的。」

這個學生有點忌妒地說：「他的運氣真好，我們天天都走的同一條路，為什麼偏偏讓他撿到黃金，而我卻撿不到呢？」

蘇格拉底說：「這沒有什麼奇怪，你跟他走路的姿勢不一樣。」

「這就奇怪了，」這個學生不解地說，「走路姿式跟撿黃金有什麼關係呢？」

「怎麼沒有關係？關係可大哩！」蘇格拉底說，「柏拉圖走路的時候，總是低著頭，地上有黃金，他當然一眼就看到了；而你走路的時候，兩眼盯在天上，就是路上撒滿了黃金，你也難以看到啊！」

「啊，原來是這麼回事。」從此以後，這個學生走路的時候，也把頭低下了。

過了很長時間，這個學生又找到蘇格拉底說：「老師，我低著頭走路已很長時間了。為什麼還是沒有撿到黃金呢？」

「你已經撿到了。」蘇格拉底說。

「老師，我真的沒有撿到黃金啊！」這個學生分辯說。

「不，同學們都說你撿到黃金了。」蘇格拉底的語氣非常肯定。

「真的，老師，您別聽他們瞎說，撿沒撿到黃金，我自己最清楚啊！」這個學生有點發急了。

「孩子，旁觀者才是最清楚的。」蘇格拉底滿面笑容地說，「你已學會了低著頭走路，這不是比撿到一塊黃金還珍貴嗎？」

這個學生恍然大悟。停了一會兒，他仍帶著遺憾對蘇格拉底說，「不過，我和柏拉圖得到的黃金到底不一樣啊！」

蘇格拉底說：「孩子，你又錯了，柏拉圖得到的『黃金』，其實就是你已經得到的『黃金』呀！」

「啊，原來是這麼回事。」這個學生終於懂得了謙遜的寶貴，後來，他和柏拉圖一樣，也成了一名很有成就的哲學家。

菜中蘭花

一天，柏拉圖風風火火地對蘇格拉底說：「老師，我的一個朋友交好運啦！」

蘇格拉底正在看書。他抬起頭，示意他繼續說下去。

柏拉圖說：「他到街上買菜，菜裏面有一株草。賣菜人把這株草挑出來扔在地上。我的朋友卻把它撿了起來。」

「為什麼呢？」蘇格拉底饒有興致地問。

柏拉圖說：「我的朋友發現，這是一株蘭花。」

蘇格拉底不以為然地說：「不就是一株蘭草嗎？值得你這樣大驚小怪！」

柏拉圖說：「後來，這株蘭草開花了。我的朋友發現，這不是一株普通的蘭花，而是十分罕見的墨蘭！據說，像這麼珍貴的墨蘭，全希臘也沒有幾株呢！我的朋友把它拿到市場去試試價格，有人願出千金，他也沒有捨得賣。」

「啊，你的朋友確實運氣不錯。」蘇格拉底望著柏拉圖問，「如果是你去買菜，你會認出這株蘭花嗎？」

柏拉圖說：「我不會種花，哪認得出是什麼花啊！」

「你能夠把它帶回家並把它種到花盆裏嗎？」蘇格拉底又問。

「不，我會跟那個賣菜人一樣，把它當作草扔掉的。」柏拉圖老老實實地回答。

蘇格拉底掩上書本，緩緩地說：「所以說，機會都是為有準備的人預備的。當我們談到一個人的運氣的時候，千萬別忽視了人家的才氣。」

衣著

蘇格拉底和美格拉底都住在雅典城裏，兩個人的年紀差不多，但秉性卻大不相同。

美格拉底年輕的時候，十分講究穿著打扮。他身上的衣服和頭上的帽子，都是雅典城裏最時髦的；他脖子上的項鏈和手指上的戒指，都是雅典城裏最新潮的；他的髮式也跟著潮流不斷地變，今天染得像一隻大火雞，明天染得像隻白頭翁，後天又染得像個黃鼠狼，過了幾天，又變成了一個大光頭……

後來，美格拉底年紀大了，並且有了一點小名氣，他的穿著打扮就更加講究了。大熱天，還穿著一件厚厚的禮服，熱得汗水順著兩腿往下流，也捨不得脫掉。到了冬天，北風呼呼地刮，屋簷下的冰柱吊尺把長，別人捂著厚厚的棉衣還嫌冷，美格拉底仍穿著他那身薄薄的禮服，冷得渾身直打顫，清鼻涕吊半尺長，也不願加件衣服。好心人提醒他換件厚棉衣，小心凍病了，他高昂著頭，耷拉著眼皮說：「為了風度，哪顧得溫度？」

蘇格拉底就不一樣了。年輕的時候，他布衣布鞋，平常打扮。一點也不講究。有人問他：「你為什麼不穿得像樣一點？」

蘇格拉底笑笑說：「反正雅典城裏人都不認識我，穿那麼好幹什麼？」

後來，蘇格拉底成了聞名全國的大學問家，他的弟子遍佈雅典城，可他穿的還是那麼隨隨便便。

有人又對他說：「你已經是大名鼎鼎的哲學家了，現在總該穿得氣派一點了吧！」

蘇格拉底仍舊笑笑：「反正雅典城裏的人都認識我，穿那麼好幹什麼？」

在一次學術研討會上，雅典城裏的學者們聚集一堂。渾身珠光寶氣的美格拉底和一身布衣打扮的蘇格拉底恰巧坐在了一起。美格拉底乜斜著眼把身邊的蘇格拉底瞅了瞅，心裏想：瞧，這傢伙多土氣啊！今天，我一定是最能吸引大家眼球的。沒想到，人們卻紛紛來到蘇格拉底身邊，提出一個又一個問題向他求教，把他圍了個水泄不通；而美格拉底卻被晾到一邊，人們似乎早已忘了他的存在。

蘇格拉底的學生柏拉圖感慨地說：「真理不需要打扮，掌握真理的人也不需要打扮啊！」

不爭論

幾個年輕人為了一個問題爭論起來，雙方唇槍舌劍，慷慨激昂，你搜腸刮肚地找出各種理由企圖說服我，我費盡心思地舉出各種證據用來反駁你，一個個面紅耳赤，唾沫飛濺，火氣很大，大有不戰勝對方誓不甘休的架式。

蘇格拉底卻一言不發，手支下巴，在一旁默默地聽著。

柏拉圖問：「老師，你為什麼不發表自己的意見呢？」

蘇格拉底說：「我年紀老了。」

柏拉圖說：「爭論跟年紀有什麼關係呢？」

蘇格拉底說，「年輕人有時間用來爭論，而我，已沒有多少時間了。」

生活暢想

蘇格拉底被一群動物請了去，聽聽牠們對生活的暢想。

兔子說：「如果上帝給我一個龐大的身軀，我一定會像獅子一樣成為獸中之王！」

母雞說：「如果上帝給我一屏五彩的尾羽，我一定會比孔雀更美麗！」

公鴨說：「如果上帝給我一雙巨大而強勁的翅膀，我一定會比雄鷹飛得更高更遠！」

老鼠說：「如果上帝給我四條粗壯的腿和一條長長的鼻子，我一定會像大象一樣什麼也不懼怕！」

……

動物們談得很興奮，很投入，很有些激動。但是，蘇格拉底卻坐在旁邊一聲不響，別有意味地微微笑著。

兔子來到他面前，不無幾分得意地問：「先生，你覺得我們今天的暢想怎麼樣？」

蘇格拉底起身彈了彈衣襟上的灰塵，一邊準備往外走，一邊丟下一句話：「你們的暢想都不錯。不過很可惜，現實生活只有『結果』，沒有『如果』。」

野鴨子定律

有位獵人是蘇格拉底的朋友。他一心做著發財的夢，但怎麼也發不了財。於是，他向蘇格拉底求教：我的運氣太不好了，怎樣才能碰到好運氣呢？

蘇格拉底告訴他：「我不懂得什麼是運氣，我只相信奮鬥。」

不知誰把一本刊物丟在地上，這位獵人撿到了，隨手翻翻，一篇文章立即把他吸引住了。

《野鴨子定律》：一個獵人出門打獵時碰掉了瓦罐，大家認為這代表了壞運氣，勸他不要出去。獵人不信，結果他打中了一隻野鴨子；野鴨子掙扎的時候，將一條大鯉魚拍打到岸上；獵人去抓鯉魚，抓住了躲在草叢中的野兔的後腿；野兔拚命掙扎，掘出了二十五個芋頭；獵人去撿芋頭，撿著了一隻野雞；獵人撿起野雞，下面有十三個雞蛋；獵人撿起雞蛋，下面有好多蘑菇；獵人回到家，脫下他的肥褲子，裏面蹦出了一大群湖蝦。幸運的獵人最後滿載而歸。這就是「野鴨子定律」：成功，無不和好運氣有關。成功的人都曾被天上掉下的餡餅砸著過。

看了這篇文章，這個獵人如獲至寶。於是，他便按照「野鴨子定律」，天天背著獵槍到湖邊去打獵。

第一天，他幸運地打中了一隻野鴨。但是，非常不幸：野鴨就是野鴨，牠掙扎時並沒有把一條鯉魚拍打到岸上，接下來，捉住野兔、野雞，撿到芋頭、雞蛋以及從褲筒裏倒出湖蝦的事一件也沒有發生。

第二天，他又打到一隻野鴨。但是，野鴨還是野鴨。什麼野兔啊、芋頭啊、野雞啊、雞蛋啊、湖蝦啊，那是連影兒也沒有的事。

第三天，他依舊出去打獵。他堅信「野鴨子定律」是無比正確的，只要堅持，天上一定會掉下個大餡餅。

……這人執著地打了一輩子的野鴨，然而非常遺憾，「天上的餡餅」卻總不掉下來。

終於有一天，他扔下了獵槍，忿忿地罵道：「什麼『野鴨子定律』，完全是騙人的鬼話。」

蘇格拉底對他說：「可惜，你明白得太晚了！」

叫太陽發光

雅典當局以莫須有的罪名把蘇格拉底抓進監獄，把他投入地牢裏。

地牢裏關著許多囚犯，有流氓，地痞、毒販、小偷、還有強盜和殺人犯。

剛被關進來時，地牢的囚犯們都欺負這個扁鼻子的老頭。他們搶他的麵包，偷他的東西，有人還往他的杯子裏吐口水。漸漸地，人們發現，這個老頭脾氣出奇地好，而且非常有學問。那些欺負過他的人開始不好意思起來。

有個青年人也欺負過蘇格拉底。他曾經把蘇格拉底的一塊麵包奪過去丟在地上，又用腳踩成碎末。後來，蘇格拉底瞭解到他和自己一樣遭受了不白之冤後，就主動去親近那個年輕人：「孩子，你真的什麼罪也沒有嗎？」

年輕人說：「是的。」

蘇格拉底點點頭說：「這好。」

年輕人不滿地說：「這有什麼好？你要知道，我是被冤枉的啊？」

蘇格拉底說：「難道你認為自己真的有罪被關進來才好麼？」

年輕人想了想，說：「那倒不。但是，我正在學校研究一個心理學課題。一關進監獄，這個課題的研究就被迫中斷了。」

蘇格拉底又說：「這好。」

年輕人一聽急了：「這又有什麼好？」

蘇格拉底說：「恭喜你得到了一個難得的機會？」

年輕人不高興地說：「這裏有什麼機會？沒有參考書，沒有討論會，連搞理論研究的基本條件都沒有！」

蘇格拉底說：「不，你失去了一些條件，卻得到了更為珍貴的條件。你想想，如果你在監獄的外面，要想接觸罪犯，那有多麼困難？即使你通過請求獲得若干機會，那點機會也是十分有限的。現在，你整天都生活在囚犯之中，何不集中精力來研究犯罪心理學？說不定，你會有意外收穫的。」

年輕人心裏豁然一亮，是啊，這個主意不錯！從此，他就開始潛心蒐集犯罪心理學資料。後來，他被釋放後，利用這些難得的第一手資料進行研究，寫出了

《犯罪心理學》專著，一舉成為希臘最有名的犯罪心理學專家。

有個記者得知這個專家的成名得益於蘇格拉底的教誨，就專門去採訪蘇格拉底：「在那個黑暗的地牢裏，你是如何讓年輕人看到光明的？」

蘇格拉底說：「其實，每個人心裏都有太陽，關鍵是如何讓它發光。」

天才作家

有個年輕人想當作家，可又不願讀書。他請教了曹雪芹、羅貫中、施耐庵和吳承恩，這些大作家都告訴他，不讀書，是當不成作家的。

年輕人很不服氣，又去向古希臘大哲學家蘇格拉底請教，蘇格拉底說：「你們中國有幾句名言：『讀書破萬卷，下筆如有神』，『《文選》爛，秀才半』，『熟讀唐詩三百首，不會做詩也會詠』。據我所知，先秦寓言、唐詩、宋詞、元雜劇、明清小說，都是中華文化的瑰寶，這些你都讀過嗎？」

年輕人很不以為然地說：「這都是些老掉牙的東西，散發著一股霉味，有什麼好讀的？我只讀網上的作品，那才是鮮活的，時尚的！」

蘇格拉底耐心地說：「小夥子，你既然想當作家，不讀本民族和其他民族的優秀文學作品，怎麼行呢？」

年輕人反駁說：「照您這麼說，只要讀書就可以成為作家囉！但是，有的人把您說的那些古董都讀爛了，他們並沒有寫出什麼東西，也沒有成為作家，這該如何解釋呢？」

蘇格拉底說：「你說的那種情況的確存在。但是，你見過不讀書的作家麼？」

年輕人振振有詞地說：「過去沒有，不等於今後沒有。『有』都是從『無』中產生的。」

「你認為你能夠成為這樣的作家嗎？」

年輕人昂昂頭說：「一般人不能，但天才能。」

蘇格拉底笑了：「我當拭目以待。」

年輕人的確有非凡的才能，這以後，他寫出了許多無比新潮的東西，什麼《豬八戒和嫦娥的一夜情》、《孫悟空大戰關雲長》、《誰強暴了白骨精》、《梁山伯的換妻遊戲》等等，貼到網上，點擊率一路飆升，作品的主人果然成了當紅的網路明星。

「誰說不讀書就不能成為作家？陳腐之見！」年輕人終於有了證明。

斗轉星移，當年輕人成了白髮蒼蒼的老人以後，一次，他又和蘇格拉底相遇了。哲學家問「作家」：「聽說您當年寫了很多文章，請問如今還有那些流傳於世？」

「作家」堆滿皺紋的臉變成了紫紅，囁嚅良久，羞愧地說：「年輕的時候，我們總以為自己可以打破一些規律。當我們懂得這是荒唐可笑的時，可惜自己已經老了。」

快樂的豬

蘇格拉底的一生都過著清貧的生活。他總穿著一件普通的單衣，經常不穿鞋，吃的也是粗茶淡飯，十分簡單。但他似乎從未注意這些東西，只是專心致志地做學問。

他的大半生時間，都在研究人類的倫理問題，諸如什麼是正義，什麼是非正義；什麼是勇敢，什麼是怯懦；什麼是誠實，什麼是虛偽；什麼是智慧，什麼是愚昧；什麼是知識，知識是怎樣得來的；什麼是國家，具有什麼品質的人才能治理好國家，等等。

蘇格拉底家裏的燈經常亮到半夜。為了一個問題，他絞盡腦汁，苦思冥想，有時甚至通宵達旦。他的眉頭常常緊鎖著，眼珠上總是佈滿血絲，原本濃密的頭髮也越來越少，就像水土流失，露出黃土高坡。這引起了他後院一頭豬的同情。

一天，這頭豬對蘇格拉底說：「先生，做一個人是不是很痛苦？」

蘇格拉底說：「當一個問題難以找到答案時，的確是這樣。」

豬說：「我覺得，做一個痛苦的人，真不如做一頭快樂的豬。你瞧我，不用為什麼學問點燈熬油。不必為什麼知識花費心思，餓了就吃，睏了就睡，冷了就躺在牆腳下曬曬太陽，熱了就泡在泥坑裏洗洗桑拿，興致來了就扯開嗓子唱唱卡拉ＯＫ，身體乏了就撒著歡兒跳跳街舞，整天無憂無慮，快快樂樂，多麼舒服！」

蘇格拉底歪著頭瞅了瞅豬，一字一字地說：「不過，我寧願做一個人，而不願做一頭豬。」

豬大叫了起來：「哎呀呀，你怎麼死不開竅呢！真讓我難以理解！」

蘇格拉底淡淡地說：「如果你能理解，就不是豬了。」

遭遇無賴

蘇格拉底經常在大街上跟人辯論。他的詰問非常尖銳，抓住要害，追根究柢，一針見血，讓對方無迴旋餘地；他的論說也非常嚴謹，一環緊扣一環，由淺入深，由表入裏，邏輯性非常強，讓對方無破綻可抓。雅典城的人都喜歡聽他的辯論或參加他的辯論。在辯論中，年輕人學到了知識，朋友們認識了真理，即使是來看熱鬧的人，也會得到一種智慧碰撞的快樂和享受。但是，這種辯論也讓蘇格拉底的論敵非常惱火。蘇格拉底的犀利攻擊，常常讓他們的論說破綻百出，十分尷尬。這些論敵對他又妒又恨，卻沒有辦法。

有一天，蘇格拉底走在路上，有個無賴突然從一個屋子裏衝出來，把一顆臭雞蛋砸在他的肩頭上，臭哄哄的粘液弄髒了他的半邊身子。

蘇格拉底平靜地瞟了無賴一眼，掏出手帕把粘液擦了擦，繼續走他的路。

過了不久，蘇格拉底回家的時候，無賴又端出一盆髒水，潑了他滿臉滿身。

蘇格拉底這次連瞟也沒有瞟那無賴一眼，伸出大手抹去臉上的髒水，繼續往回走。

柏拉圖聽說後非常氣憤，問老師說：「那無賴這樣侮辱您，您為什麼不還擊他？」

蘇格拉底微微一笑說：「如果狗咬你一口，難道你也去咬牠一口嗎？」

人與狗

一個年輕人唉聲歎氣地來到蘇格拉底面前，連稱：「想不到，想不到！」

蘇格拉底關心地問：「怎麼啦？心情這麼沉重。」

年輕人說：「一個朋友背叛我了！」

蘇格拉底說：「這樣的事過去也有，好像並不值得奇怪。」

「但是，」年輕人氣憤地說，「您知道我在他身上付出了多少嗎？」

「你都付出了些什麼？」

「他沒有衣服穿，我把我最好的衣服送給他穿；他想喝羊肉湯，我把我心愛的羊殺了燉湯給他喝；他想買一把佩刀但沒有錢，我把自己僅有的錢全掏出來給他用……」

「你還付出了什麼呢？」

「這些年來，他缺什麼，就到我這兒拿什麼，只要是我有的。」

「你還付出了什麼呢？」

「這難道還不夠嗎？您還叫我怎樣對他呢？」

「可惜，你沒有用這樣的精力去餵一條狗。」

「為什麼？」

「只要給牠好吃的東西，狗會永遠忠於你；但是，真正的朋友，是不能靠餵養獲得的。」

從太陽上取火

這個年輕人太聰明了！不管什麼事，一學就會。下棋、畫畫、擊劍、打獵、彈琴……有些技藝，別人學幾年還學不出多大名堂，而他只要想學，幾個月甚至幾天，就做得有模有樣。

然而，有一得就有一失，有一利就有一弊。也許因為他太聰明，所以做起事來總是缺乏恆心。今天感到這件事新鮮，就興致勃勃地做這件事；明年感到那件事新鮮，他就像扔一件舊衣服把這件事丟了，再換上另一件「新衣服」。他的興趣和愛好總是在不停的變。所以，他做的許多事，也大都是停留在二、三流水平上。

隨著年齡慢慢變大，步入中年的他有些著急了，於是就去向蘇格拉底求教，怎樣才能把事做得更好一些。

蘇格拉底笑了笑說：「我還沒有吃午飯呢，咱們還是先做飯吃吧。吃飽肚子，再好好探討你的問題。」

蘇格拉底這麼一說，求教者也感到肚子在叫喚了，就問：「先生，火呢？」

蘇格拉底順手遞給他一塊玻璃說：「噢，你從太陽上取吧！」

中年漢子疑惑地問：「從太陽上取？怎麼取？」

蘇格拉底又遞過去一疊紙說：「你把玻璃對著太陽，把紙放在玻璃下面，太陽就把紙點著了。」

中年漢子按照蘇格拉底的吩咐，忙碌了好半天，紙上也沒有動靜。他直起身來對蘇格拉底說：「先生，不行啊，燃不了！」

蘇格拉底抱歉地拍了一下額頭，說：「嘿，我真糊塗，怎麼給了你一塊平板玻璃呢？」說著，他轉身拿起一面凸透鏡遞給了求教者。求教者把凸透鏡對準陽光，把紙放在凸透鏡的下面。太陽光被聚焦成一點，投射到紙上。紙上立即冒起一股青煙，接著，就燃起了一團火苗。

蘇格拉底吃東西很簡單。一頓午餐不用二十分鐘就結束了。放下刀叉。蘇格拉底對求教者說：「朋友，咱們現在來討論討論你的問題吧！」

求教者用餐巾擦了擦嘴，不好意思地說：「謝謝先生，剛才您已經把答案教給我了。」

神廟上的名言

雅典城的德爾菲神廟上銘刻著一句名言：「認識你自己。」

蘇格拉底總說自己是「世上最無知的人」。他的學生柏拉圖很不理解這個評價，一天，就特意跑到德爾菲神廟，向神請教一個問題——據說，德爾菲神廟的神諭是非常靈驗的。

柏拉圖問神：「世上還有誰比蘇格拉底更聰明嗎？」

神諭說：「沒有了，世上沒有誰比蘇格拉底更聰明。」

柏拉圖高興地把這個神諭告訴了蘇格拉底，但是，蘇格拉底卻是一臉的迷茫和不安。

柏拉圖說：「您不認為您是世界上最聰明的人嗎？」

蘇格拉底說：「不，我是世上最無知的人。」

柏拉圖說：「您的學識那麼淵博，向您討教的人那麼多，您怎麼會認為自己『最無知』呢？」

蘇格拉底說：「如果把我們懂得的東西比作一個物體，而把不知道的東西比作物體外的空間的話，是不是物體越小，它能接觸到的未知空間便越小；物體越大，它能接觸到的未知空間也越大？」

柏拉圖說：「是這樣。」

蘇格拉底接著說：「當我們的知識只有針尖大小的時候，會覺得自己懂得的很多，不懂的東西很少；當我們的知識有皮球大小的時候，是不是就會漸漸發現，我們不懂的東西也越來越多了？」

「是這樣。」

「如果我們知道自己生活在地球上，而且知道這個地球的周長達四萬公里，但在太陽系這個大家庭裏，它卻只是八顆行星中的一顆。在太陽系中，太陽占了總質量的百分之九十九點八六，夠大的了吧！但在銀河系中，類似太陽的恆星就有二千五百億顆。二千五百億顆恆星組成一個星系，夠大的了吧！但在銀河系外，還有許多類似的天體系統——銀河外星系。銀河外星系又聚集成大大小小的星系團，每個星系團約有百餘個星系，夠大的了吧！但若干星系團集聚在一起，又構成更大、更高一層次的天體系統——超星系團……地球外未知的知識有多少？太陽系外、銀河系外未知的知識有多少？星系團外、超星系團外未知的知識有多少，我們知道嗎？」

「這些，我們的確不知道。」

「所以，我覺得自己是最無知的人。」

柏拉圖徹底相信了德爾菲神廟的神諭。他覺得，蘇格拉底才是真正做到了「認識你自己」的人。

感謝莫爾

每年的聖誕之夜，人們都會唱起〈平安夜〉這首優美動人的歌。但這首歌的誕生，卻有一段不平凡的經歷。

一七九二年，在奧地利薩爾茨堡市的一個下層家庭裏，一個私生子呱呱墜地。母親給他取了一個名字叫約瑟夫‧莫爾。

莫爾從小酷愛音樂，長大後，成了一名業餘兼職音樂教師。他在鄉間做助祭時，人們經常向他傾吐自己的疾苦和心願，這一切都深深打動了莫爾的心。他立誓要創作一首歌，讓世間不幸的人都得到撫慰，使天下勞苦大眾都得到祝福。

然而，這首歌問世很久卻一直沒有得到展示的機會，直到一八一八年的聖誕夜。

那一天，聖誕彌撒開始前，神父正準備彈奏管風琴，管風琴卻出了問題。他仔細一檢查，原來是老鼠把管風琴咬壞了。望著教堂裏靜靜等候的人們，神父急得像熱鍋上的螞蟻，大汗淋漓，手足無措。

這時，擔任助祭的莫爾輕聲請求說：「讓我用吉他來彈奏吧？」

用吉他在教堂演奏？這簡直太荒唐了！但事情到了這個地步，已沒有選擇的餘地，神父很不情願地同意了。

莫爾輕輕地撥響琴弦，深情地唱起了〈平安夜〉。

像春風吹拂臉龐，像陽光驅散嚴寒，像清泉灌溉禾苗，像甘露滋潤心田，〈平安夜〉以真摯的情感和優美的旋律，深深打動了在場的所有人。隨後，它像長了翅膀一樣，飛到德國，飛到俄羅斯，飛到英國，飛到美國……並超越時空，飛到了古希臘。

又是一個平安夜，希臘人唱起了這首歌，有人感慨：「真該感謝上帝，如果不是他送給莫爾一個機會，〈平安夜〉就會默默地誕生，默默地消失，永遠不會有人知道。」

蘇格拉底說：「更應該感謝莫爾。如果不是他創作了〈平安夜〉，上帝創造的這次機會，也許會像他創造的許多機會一樣，悄悄地溜走，白白地浪費。」

是啊，人類浪費的機會還不夠多嗎！

另類傷害

蘇格拉底的一位朋友遭到誹謗，而這位朋友卻蒙在鼓裏，一點兒也不知情。

一個人把別人誹謗這位朋友的話，原原本本地告訴了蘇格拉底，並對他說：「請您轉告給您的朋友，免得他總是遭受傷害。」

過了一些日子，這個很關心別人的熱心人問蘇格拉底：「您把那些誹謗的話告訴你的朋友了嗎？」

蘇格拉底說：「沒有。」

熱心人歎了口氣說：「我知道，您總是很忙。但是，不管多麼忙，您總得關心您的朋友啊！」

蘇格拉底說：「你說得很對，我們都應該關心自己的朋友。」

又過了一些日子，那個熱心人又問蘇格拉底：「您把那些話告訴了您的朋友嗎？」

蘇格拉底還是那句話：「沒有。」

熱心人終於按捺不住了，抱怨說：「人們都說您很重感情，沒想到您對朋友居然這麼冷漠！」

「你誤會了。」蘇格拉底說，「我問你，一個人要用刀子傷害另一個人，如果這刀子根本接觸不到他想傷害的人，它會有殺傷力嗎？」

熱心人說：「當然不會。」

「倘若這把刀子能夠接觸到被攻擊者呢？」

「那就有可能造成傷害。」

「惡言就像刀子。」

那個熱心人若有所悟：「您的意思是說，如果不讓惡言接觸到被攻擊者，它一點作用也沒有。是嗎？」

蘇格拉底肯定地說：「對。」

那個熱心人不好意思了，喃喃地說：「噢，我明白了。有時候，能給朋友造成傷害的，倒往往是熱心人過分的熱心啊！」

狐狸吃葡萄

一天，柏拉圖拿著《伊索寓言》對蘇格拉底說：「老師，伊索老先生的《狐狸和葡萄》，立意好是好，卻嚴重失真。狐狸是吃肉的，哪會吃葡萄啊？」

蘇格拉底聽了，覺得有道理，就拍著柏拉圖的肩頭稱讚說：「孩子，你這個問題提得好。」

隨後，蘇格拉底對他的學生們說：「名人有時也會犯錯誤。狐狸是肉食動物，哪會去吃葡萄呢？可是，伊索先生卻在他的寓言中寫，狐狸吃不到葡萄，就自我解嘲說：『這葡萄是酸的，還沒有成熟』。多荒唐啊！」他再次對柏拉圖敢於質疑名人的勇氣給予了肯定。

事情過了不久。蘇格拉底應一位種植葡萄的朋友邀請，到那裏去做客。飯後，他們在葡萄園散步的時候，突然發現一隻狐狸在大口大口地偷吃葡萄。這傢伙好像對這種水果非常感興趣，一口一串，葡萄汁順著嘴丫直往下流。蘇格拉底和朋友的到來驚動了牠，牠慌忙從藤上又扯下一串葡萄，戀戀不捨地轉身逃走了。這個場景讓蘇格拉底驚詫不已。

「狐狸不是肉食肉動物嗎？牠怎麼會吃葡萄？」蘇格拉底問他的朋友。

他的朋友笑了：「狐狸可喜歡吃葡萄哩！在我這個葡萄園裏，經常都會有狐狸來偷吃，一次能吃好幾斤。」

蘇格拉底默然。

從朋友那裏回去後，蘇格拉底把他看到的情景講給學生們聽，然後說：「柏拉圖敢於質疑名人，這沒有錯。但是，我僅憑自己的常識，輕易肯定這個質疑，就顯得很可笑了。願我們共同記住這個教訓。」

自己的規定

蘇格拉底是雅典城公認的最有學問的人，但是，每天清晨和晚上，他仍要堅持讀兩個小時的書，歲歲年年，從不間斷。

六十歲生日那一天，他外出講學，在回家的路上，被一場突如其來的大雨澆病了，躺在床上，發著高燒，昏迷不醒。

高燒剛退，他就又捧著書本看起來，而且，把看書的時間延長了一倍。

學生柏拉圖為他擦去頭上的虛汗，勸他說：「先生，您要注意休息啊！等身體康復了再看吧！」

蘇格拉底說：「我已經耽誤了幾天啦，必須把這些時間補起來。」

學生說：「這又何必呢，又沒有誰給您規定學習時間？」

「可我給自己作了規定啊！」

「自己的規定也可以改呀！」

「不，如果你有幾天沒有吃飯，是不是會產生一種饑渴感？見了飯以後，會感到格外香，並且會吃得多一些？」

「是的。」

「我已經幾天沒看書了，感到很饑渴，所以，需要多看一些書！」

接著，蘇格拉底又問：「一個人如果生了病，身體很虛弱，病好以後，愛他的人是不是會給他增加營養，補償、調理，使他儘快恢復體能和體質？」

「這是一定的。」

「這就對了，」蘇格拉底說，「我在生病期間，精神上的虧空並不比體質上的虧空少啊，我得儘快把它補起來！」

圈子

一隻鶴蛋被調皮的孩子撿起來，放進正在抱窩的母雞身下。一段日子後，一隻小鶴和一群小雞都掙破蛋殼，從裏面鑽出來。

小鶴漸漸長大，退去兒時灰色的絨毛，換上一身潔白的羽衣，站在雞群中，亭亭玉立，顯得挺拔瀟灑，不同凡響。

學生看了稱讚說：「真是『鶴立雞群』啊！這隻鶴將來一定會翱翔藍天，成為一名出色的飛行家。」

蘇格拉底卻不以為然，說：「那要看牠能不能走出雞群，『鶴立鶴群』。」

學生問：「為什麼呢？」

蘇格拉底說：「一隻鳥的眼光、心胸、作為，取決於牠生活的圈子。這隻鶴如果只滿足於『鶴立雞群』，牠就永遠不可能有大的作為。」

錯誤遮罩儀

真理和錯誤是孿生兄弟，單從外觀看，很難辨別誰是誰。偏偏錯誤又是一個模仿高手，它常常把自己偽裝成真理的模樣，這麼一來，人們在追求真理的時候，常常會受到錯誤的干擾。

現實是個大發明家，他喜歡真理，厭惡錯誤。為了把錯誤驅除出境，經過無數次實驗，發明了一個錯誤遮罩儀。這個遮罩儀識別錯誤的功能特別強大，現實把它安裝在自己的門口，不管大錯、小錯，只要一走過來，遮罩儀就會「嘟嘟嘟」地報警，然後，毫不留情地把它們阻擋在門外。

沒有錯誤的打擾，現實清靜了不少。然而，慢慢地，他的心裏卻惴惴不安起來：「這是怎麼了？自從安裝了錯誤遮罩儀，錯誤不來了，真理怎麼也見不到了？」

帶著這個疑惑，現實去向哲學家蘇格拉底請教。蘇格拉底聽了他的敘述，撫著他的肩頭說：「現實啊，真理是不能離開錯誤單獨存在的。誰如果拒絕所有的錯誤，他也會把真理關在門外。」

誤導

毛驢高興的時候，喜歡放開嗓門，毫無顧忌地大聲歌唱：「啊昂——昂——，啊昂——昂——」

毛驢的歌聲奔放、高亢，很富激情，但是，人們聽了，卻覺得難受萬分，不是皺眉頭，就是捂耳朵，有的還要板著面孔呵斥兩句：「吼什麼吼？難聽死了！」這叫有幾分歌癮的毛驢歌手心中很是委屈：「這麼動聽的歌兒，當今最時髦的唱法，為什麼就沒有知音呢！」

一天，毛驢無所事事，隨意翻開一本書，書中扉頁上有句名人名言把牠吸引住了：「走自己的路，讓別人說去吧！」毛驢歌手頓覺眼前一亮，心中有了底氣。

從此，毛驢歌手只要自己高興，就放開喉嚨高唱，再也不顧忌別人的臉色和議論。

有人說牠唱歌沒技巧，只知道瞎吼。牠聽了微微一笑，對自己說：「走自己的路，讓別人說去吧！」

有人說牠的歌不能給人愉悅，只可用來檢驗人們的忍耐力。牠聽後嗤之以鼻，對自己說：「走自己的路，讓別人說去吧！」

有人說牠應該找一件適合自己的事做，比如拉車呀、馱貨呀等等，硬要用歌聲來顯示自己的才能，是缺乏自知之明的表現。牠聽後更是不以為然，對自己說：「走自己的路，讓別人說去吧！」

毛驢自我感覺良好地過了一輩子，直到晚年才發現，自己的確不是一塊做歌手的料。

「唉，名人名言並不都是真理啊！我是讓名人名言給誤導了！」毛驢這樣對蘇格拉底感嘆。

「不，」蘇格拉底糾正說，「真理再向前邁進一步，那怕是一小步，就會變成謬誤。誤導你的，是你向前邁的這一步。」

男女之間

一個結婚剛一年的少婦向蘇格拉底抱怨說：「男人真難侍候，你關心他多了，他嫌你管得太緊；你不過問他，他又說你對他不關心。唉！我該怎麼辦呢？」

蘇格拉底把她領到郊外，那裏有一群孩子正在放風箏。蘇格拉底買了一個風箏和一團線繩，把風箏升上天空。

剛升到一丈多高，蘇格拉底就不再放線了，風箏在他手中左搖右晃地掙扎著。

少婦說：「瞧它多難受啊！你把線繩放長一些呀！」

蘇格拉底不動聲色地慢慢地放長手中的線繩。風箏搖晃著身子越飛越高，一直飛到藍天白雲之間，就像一隻翩翩飛翔的小鳥。

少婦拍著手叫道：「啊，它多快樂！」

蘇格拉底微微一笑，突然一鬆手，風箏立刻乘風而去，悠悠蕩蕩地越飄越遠，

越飄越遠，不一會兒，就沒影了。

少婦驚訝地問道：「你為什麼把它放了呢？」

蘇格拉底沒有回答她，一邊轉身往回走，一邊低著頭自言自語地說：「男人呀，就像這風箏！」

應該感謝的人

一次，蘇格拉底和他的學生談心。柏拉圖問他：「老師，您現在是全希臘公認的大學問家了。請問，您覺得最應該感謝的人有哪些？」

蘇格拉底略微想了想，說：「我的父母，我的朋友，還有那些攻擊過我、詆毀過我、諷刺過我、挖苦過我的人。」

學生們七嘴八舌地議論開了：「感謝父母，是因為他們養育了自己；感謝朋友，是因為他們支持了自己；可是那些攻擊、詆毀、諷刺、挖苦別人的人，只會給人帶來煩惱和困擾，為什麼還要感謝他們呢？」

蘇格拉底並不回答。他向面前的一個學生發問：「如果有人攻擊你，說你什麼都不行，你會怎麼做？」

這個學生回答說：「我會用自己的創造和成就，來回答他的攻擊。」

蘇格拉底又問另一個學生：「如果有人把你說得一錢不值，你該怎麼辦？」

這個學生回答：「我會用我的研究和成果，證明自己的價值。」

蘇格拉底回過頭來，問身後的一個學生：「如果有人諷刺你，挖苦你，你會趴下嗎？」

這個學生說：「趴下了，他們就得意了。我才不會上他們的圈套呢？我會更執著地為實現自己心中的目標而努力登攀。讓他們的算計化為泡影。」

蘇格拉底笑了，然後把目光投向柏拉圖。

柏拉圖不等老師發問，站起來說：「老師，我明白了，最堅強的翅膀，是在逆風中磨練出來的；最鋒利的寶劍，是在鐵錘下敲擊而成的。身邊有挑刺的眼光盯著，會促使自己變得更勤勉、更刻苦、更謹慎，更細心，把事情做得更好。」

蘇格拉底滿意地點點頭說：「孩子們，生活就是這樣，不能沒有朋友，也不能缺少給自己製造困難的人。」

一張照片

柏拉圖拍到一張十分難得的照片。照片上的一半畫面，濃雲密佈，電光閃閃，大雨如注；另一半畫面，卻是豔陽高照，白雲飄飄，彩虹高懸。柏拉圖給它取了個名字：《道是無晴卻有晴》，拿去參加雅典攝影大賽，評委評價：構圖精妙，畫面精美，技藝精到，立意精巧。一致同意，把本次大獎賽的金獎授給了他。

柏拉圖的幾個同學聽到這個消息，酸溜溜地對蘇格拉底說：「柏拉圖真有運氣，這麼一個千載難逢的機會，居然讓他碰到了。」

蘇格拉底說：「你們認為這是運氣？」

忌妒者反駁道：「這樣的機會，我們沒有碰到，偏偏讓他碰到了，這不是運氣是什麼？」

蘇格拉底問：「出現這個天象的那天，你們在哪兒？」

幾個學生說：「那天我們本來在外面拍照片，看到天上黑雲翻墨，霎時間大雨滂沱，趕緊跑回家了。」

蘇格拉底說：「據我所知，就在你們往回跑的時候，柏拉圖穿著雨衣，提著相機，頂著大雨出門去了。並且在外面一直待到雨過天晴。」

家鵝和天鵝

天鵝在長空展翅翱翔。家鵝抬頭望了望，歎息說：「唉！我的生活條件太差了。要給我創造合適的條件，我肯定比天鵝飛得更高更快！」

蘇格拉底說：「你要什麼樣的條件呢？」

家鵝說：「每天要讓我吃得又好又飽。」

蘇格拉底說：「這好辦。」

從第二天起，家鵝想吃什麼，蘇格拉底就餵給牠什麼，但是，幾十天過去，家鵝還在地上溜達。

蘇格拉底問：「你要求的條件，我已經滿足你了，為什麼你還不飛上天呢？」

家鵝說：「我的生活條件還不夠好。你要給我創造更優越的條件——如果你讓我每天晚上睡得又香又甜，我一定會比天鵝飛得好。」

蘇格拉底說：「這也不難。」

蘇格拉底就把雞呀、貓呀、豬呀、狗呀安排到另外一個屋子裏，不讓牠們打擾家鵝睡覺。但是，又過了幾十天，家鵝仍舊在院子裏閒逛。

蘇格拉底問：「你為什麼還不飛上天呢？你提出的條件我都滿足了呀！」

家鵝說：「我的生活條件還不夠好。你要給我創造更優越的條件——我要求每天都無風無雨，不冷不熱，像春天一樣明媚，像秋天一樣涼爽，像……」

蘇格拉底打斷牠的話說：「家鵝先生，你不用再說下去了。我真應該好好謝謝你，你可以做我的老師了。」

家鵝驚訝地瞪大眼睛，說：「什麼什麼，我做你的老師？我怎麼能做你的老師呢？」

蘇格拉底說：「我想我懂得了，天鵝為什麼會成為天鵝，家鵝為什麼會成為家鵝。」

擇徒

蘇格拉底的隔壁住著一個銅匠，他的手藝好極了，不管哪一家需要什麼銅製品、像銅壺呀、銅杯呀、銅鎖呀、銅手爐呀、銅燭臺呀、銅玩具呀……只要請他做，他都會讓顧客滿意而歸。幾十年來，沒有一個人不說他的活兒做得好。

但是，年齡不饒人。銅匠過了六十歲，腰彎了，背駝了，手腳也沒有年輕時靈活了。他感到自己迫切需要收一個徒弟，可又怕自己眼光不準，看錯了人，就請蘇格拉底給他幫幫忙。

銅匠囑託蘇格拉底說：「我們這個家族祖祖輩輩都是做銅匠手藝的，可惜到我這一代卻沒有兒女。你一定要給我找一個聰明能幹的人，別讓祖傳的手藝到我這一代失傳了。」

蘇格拉底真誠地點點頭，第二天就代銅匠寫了幾張招收徒弟的啟事，張貼在各條街道上。

銅匠在雅典城裏名聲很好，啟事貼出不到十天，就來了一、二十個報名的。蘇格拉底對每一個報名者提的第一個問題都一樣：「你為你的母親洗過腳、捶過背嗎？」凡是搖頭或者回答沒有的，蘇格拉底都讓他們回去了，最後，只留下了一個做出肯定回答的小夥子。這個小夥子待老銅匠如親生父親，幹活又踏實又肯動腦筋，沒用幾年時間，手藝就超過了老銅匠。

老銅匠在臨終的時候，把蘇格拉底請了去，說：「有個問題我一直藏在心底。當年你替我選徒弟的時候，怎麼老是問人家有沒有給母親洗過腳、捶過背呢？這個問題和學銅匠手藝有什麼聯繫？」

蘇格拉底說：「在我看來，知恩必報是做人的根本，也是立業的根本。一個能夠把事業幹好的人，必定是具有報恩觀念的人。徒弟要知道報師傅的恩，學生要知道報老師的恩，商家要知道報顧客的恩，工廠主要知道報工人的恩……一個人如果連父母的恩都不知道回報的話，還能指望他去幹什麼呢？」

狗吠

一次，柏拉圖跟老師蘇格拉底到郊外散步，幾隻惡狗沒來由地衝著他們狂吠。

柏拉圖很生氣，衝著那幾隻狗吼道：「叫什麼叫，惹你了，撩你了？」

這一來，那幾隻狗叫得更起勁了。嘴裏噴著熱氣撲到他們的跟前，一聲接一聲地無休無止。

柏拉圖蹲下去，撿起一塊石頭，惱怒地向那幾條惡狗擲去。惡狗們驚慌地後退幾步，隨後又撲過來，狂吠的節奏加快了一倍，聲調也提高了八度。

「這幾個無賴實在太可惡，今天非得好好教訓教訓牠們不可！」柏拉圖氣極，彎下腰又要撿石頭。蘇格拉底攔住了他，挽著他的胳膊，若無其事地慢慢離去。那幾隻惡狗尾隨著狂吠了一陣，見兩個人不再理睬牠們，漸漸降低了聲音，最後，無趣地離開了。

蘇格拉底回頭望了望那幾條垂著尾巴遠去的惡狗，笑著對柏拉圖說：「無賴就這德性，你越把牠當回事，牠越邪皮上臉；你壓根兒就不理睬牠，牠自己便沒勁了。」

減價

耶誕節快到了，一個商店老闆為了招攬顧客，先把所有商品的價格都提高一倍，然後在門口貼出一張告示，上寫：「大出血，大減價，本店所有商品全部五折酬賓！」這一來，果然欺騙了不少人，一時商店門庭若市，老闆大大地賺了一筆。

蘇格拉底得知後，也來到這家商店，他先把所有的商品都看了一遍，然後問老闆：「你這兒的東西果真全部減價？」

老闆信誓旦旦：「全部！若有一樣不減價，情願下地獄！」

蘇格拉底點點頭：「這麼說，你這兒的信譽也一定減價啲！」

老闆囁嚅著有口難言。

跋：感謝您，蘇格拉底

《智慧心燈》，是我以蘇格拉底為主角寫的一組系列寓言。當初，選擇古希臘的這位哲學大師當故事主角，完全是一個偶然。就如同我的其他寓言作品一樣，腦子裏突然閃現一點火花，要找一個角色把它表演出來，誰適合就找誰，全看劇情的需要。我寫《遠山》這篇寓言時，感到蘇格拉底充當主角比較合適，沒多想就把他請了出來，也不管老先生樂意不樂意，高興不高興，打扮打扮，就讓他登臺亮相了。

蘇格拉底（西元前四六九至西元前三九九），是古希臘著名的思想家、哲學家、教育家，他和他的學生柏拉圖，以及柏拉圖的學生亞里斯多德被並稱為「古希臘三賢」，更被後人認為是西方哲學的奠基者。蘇格拉底以睿智和雄辯著稱。當年，他常用對話的方式，向青年傳授他的思想，時人稱為智者。自《遠山》以後，我寫具有哲理性和思辯色彩的寓言時，就常常請他當主角。

也許是因為沾了名人的光，「蘇格拉底寓言」發表以後，受到了讀者的喜愛，一些報刊也紛紛轉載，鼓勵的話聽的不少，於是就一篇一篇往下寫。這麼寫著寫著，問題來了，既然拿蘇格拉底當主人公，那麼寓言所表達的內容和思想就不能離主人公太遠。太遠，太離譜，就不是蘇格拉底了。於是，我煞費苦心地到處尋找有關蘇格拉底的資料。從報紙上得知商務印書館印了《蘇格拉底傳》，我立即郵購了一本。後來到武漢出差，在一家小書店找到人民出版社出版的《蘇格拉底及其哲學思想》。有次到北京辦事，又在長安街圖書大廈裏覓到一本遼海出版社出版的巨人百傳叢書《蘇格拉底》。二〇〇〇年的第一天，友人王世霖先生的席殊書屋開業，我前去助興，他把僅進了一本的柏拉圖的《對話》贈給了我。蘇格拉底生前沒有寫過一本書，甚至連一篇文章也沒有，他的主要思想，都被他的高足柏拉圖記在《對話》裏。我把這些書讀過後發現，蘇格拉底雖然是一個偉大的思想家，但他畢竟是那個時代的人。我以蘇格拉底為主角來創作寓言，可以表演的天地太小。看來，「蘇格拉底寓言」該打住了。

二〇〇〇年二月十四日，也就是庚辰年正月初十，方成老師從北京打來電話，他沒有問新年好，也沒有說客套話，劈頭一句就是，你為什麼不把「蘇格拉底」改為「張格拉底」？我一下子愣住了，支支吾吾答不上話。漫畫大師接著說，他正在讀我送給他的寓言集，蘇格拉底的故事很有意思。可是，蘇格拉底實有其人，你用他寫寓言，人家容易誤會，寫起來有局限，改為「張格拉底」，中西合璧，既有幽默感，限制也沒了，想怎麼寫就怎麼寫，多自由？

就像童話裏的知識老人，方成老師這麼一指點，我的心底豁然一亮：是呀，我怎麼就沒有想到這一招呢？這份春節禮物太寶貴了！

以後，我再寫此類寓言時，就試圖換成別的名字。但是，不用蘇格拉底這個名字，我找不到感覺了。我發現，我的這類寓言，已經和蘇格拉底如影隨形，拆不散，分不開了。

我吸收了方成老師意見的精髓，把我筆下的蘇格拉底跟歷史上那個蘇格拉底分開。我寓言中的蘇格拉底不再是一個具體的歷史人物。雖然他還有歷史上那個蘇格拉底的影子，但他已完全是一個屬於作者自己的寓言形象。這個人物戲路很寬，可塑性很強，不受時間限制，不受地點約束，也不受身份局限，超越國界，超越時空，就像川劇演員一樣，善於變臉，隨著寓言故事的需要，一會兒扮演洋人，一會扮演「土」人，一會兒扮演古人，一會兒扮演今人，並且，還可以和有生命和無生命的萬事萬物對話。這麼一來，蘇格拉底「活」了。

《智慧心燈》，是我耗費心血最多，寫作時間最長的一部寓言集，長長短短百來篇，前前後後花了二十多年。書中的故事和寓意，有的是自己親身經歷的所感所悟，有的是對他人言行的所思所想，更多的則是對大千世界的「抓拍」和思考。我對自己的要求是，一定要抓到有趣味、有意義的事情後才寫，沒有就不硬寫。這個辦法可以說是笨到家、笨到底、笨得不能再笨了，但是，我卻頑固不化地死守著這個笨辦法不放。

和「蘇格拉底」相伴二十來年，咱們一起以寧靜的心情，觀看這個世界上演的形形色色的活劇，覺得其中有點意思的，能對人做人做事有點幫助的，能夠引起人某點思考的，能夠讓人受到一點教益的，我就把它烹製成小豆腐塊奉獻給讀者。沒料到這些小豆腐塊發表後，許多文摘類報刊紛紛轉載，一些勵志類、益智類、寫作類書籍也紛紛選登，有的還被選進了中小學語文課本或選做高考作文題，更有讀者不斷詢問何時結集成書，這使我受到莫大的鼓勵和鞭策。現在，《智慧心燈》與讀者見面了。趁這個機會，我要發自內心地說一聲：感謝您，蘇格拉底！

凡夫

二○一一年四月十五日

智慧心燈：蘇格拉底寓言故事 / 凡夫著. -- 一版. -- 臺北市：要有光, 2012.12
面， 公分
BOD版
ISBN 978-986-88394-1-0(平裝)

859.6 101011160

國家圖書館出版品預行編目

少年Light 01 PG0887

智慧心燈
——蘇格拉底寓言故事

作者／凡　夫
主編／蔡登山
責任編輯／陳佳怡
圖文排版／楊尚蓁
封面設計／蔡瑋中

出版策劃／要有光
發行人／宋政坤
法律顧問／毛國樑　律師
印製發行／秀威資訊科技股份有限公司
114台北市內湖區瑞光路76巷65號1樓
電話：+886-2-2796-3638　傳真：+886-2-2796-1377
http://www.showwe.com.tw

劃撥帳號／19563868
戶名：秀威資訊科技股份有限公司
讀者服務信箱：service@showwe.com.tw
展售門市／國家書店（松江門市）
104台北市中山區松江路209號1樓
電話：+886-2-2518-0207　傳真：+886-2-2518-0778

網路訂購／秀威網路書店：http://store.showwe.tw
國家網路書店：http://www.govbooks.com.tw

總經銷／聯合發行股份有限公司
231新北市新店區寶橋路235巷6弄6號4F
電話：+886-2-2917-8022　傳真：+886-2-2915-6275

出版日期／2012年12月　BOD一版　**定價**／250元

要有光
FIAT LUX

讀者回函卡

感謝您購買本書，為提升服務品質，請填妥以下資料，將讀者回函卡直接寄回或傳真本公司，收到您的寶貴意見後，我們會收藏記錄及檢討，謝謝！
如您需要了解本公司最新出版書目、購書優惠或企劃活動，歡迎您上網查詢或下載相關資料：http:// www.showwe.com.tw

您購買的書名：________________________________

出生日期：________年________月________日

學歷：□高中（含）以下　□大專　□研究所（含）以上

職業：□製造業　□金融業　□資訊業　□軍警　□傳播業　□自由業
　　　□服務業　□公務員　□教職　□學生　□家管　□其它_____

購書地點：□網路書店　□實體書店　□書展　□郵購　□贈閱　□其他

您從何得知本書的消息？

□網路書店　□實體書店　□網路搜尋　□電子報　□書訊　□雜誌
□傳播媒體　□親友推薦　□網站推薦　□部落格　□其他__________

您對本書的評價：（請填代號　1.非常滿意　2.滿意　3.尚可　4.再改進）

封面設計____　版面編排____　內容____　文／譯筆____　價格____

讀完書後您覺得：

□很有收穫　□有收穫　□收穫不多　□沒收穫

對我們的建議：________________________________

____

____

____

請貼
郵票

11466
台北市內湖區瑞光路 76 巷 65 號 1 樓

秀威資訊科技股份有限公司 收

BOD 數位出版事業部

（請沿線對折寄回，謝謝！）

姓　　名：＿＿＿＿＿＿＿＿　年齡：＿＿＿＿　性別：□女　□男

郵遞區號：□□□□□

地　　址：＿＿＿＿＿＿＿＿＿＿＿＿＿＿＿＿

聯絡電話：(日)＿＿＿＿＿＿＿＿(夜)＿＿＿＿＿＿＿＿

E-mail：＿＿＿＿＿＿＿＿＿＿＿＿＿＿＿＿